双星の天剣使い
Heavenly sword of twin stars
1
白星を継ぐもの
張白玲《チョウハクレイ》
辺境を守る名門の御令嬢で、
幼いころから文武に才を示した少女。
容姿に優れ、性格も真面目で慈悲深く、
民からも慕われている。
生まれ故か実直な印象を崩さないが、
唯一、隻影に対しては我儘を言って甘える。
不敗の英雄の生まれ変
隻影《セキエイ》
救国の名将に拾われ、御令嬢の白玲と共
前世の経験と武芸の訓練で並外れた武力を持つ
本人は戦場から離れて働く地方文官志望。
性格は大雑把に見えるが、冷静さも併せ持つ。

「は、白玲!? ど、どうして、お前が
此処にいるんだよっ!?」
「――今の話、どういう意味ですか?」

「貴方を婿にする、条件を仰ってください！
私だって、貴方様にこの命を救われたんです！」

——温かい。
微睡の中、俺は目を開け——一気に意識を覚醒させた。
目の前に飛び込んで来たのは、あどけない白玲の寝顔。
俺の右手にしがみつき、すやすやと眠っている。……いつの間に。
そうこうしている内に、美少女の瞳がゆっくりと開き、
ふにゃふにゃな顔を向けてきた。

「おはよぉございます……」

「敵総大将『赤狼』――」

張隻影と張白玲が
討ち取ったっ！！！！！」

CONTENTS

Heavenly sword
Of twin stars

麒麟児
王明鈴《オウメイリン》
新進気鋭の大商人である王家の娘。
身体こそ一部分を除いて小さいが、
確かな商人としての才能、嗅覚を持つ。
隻影に命を救われた上に、
彼の内に秘めた怜悧さを評価している。

双星の天剣使い1

七野りく

ファンタジア文庫

3254

口絵・本文イラスト　cura

双星の天剣使い

HEAVENLY SWORD OF TWIN STARS

登場人物

隻影《セキエイ》
英雄の生まれ変わり

張白玲《チョウハクレイ》
名門の御令嬢

王明鈴《オウメイリン》
大商人の娘

張泰嵐《チョウタイラン》
救国の名将

朝霞《アサカ》
白玲の女官

静《シズカ》
明鈴の従者

アダイ
天下統一を目論む
玄の皇帝。怪物

グエン
赤狼。玄の勇将

玄
燕京《えんけい》
七曲山脈《ななまがりさんみゃく》
大河《たいが》
西冬
敬陽《けいよう》
大運河
臨京《りんけい》
栄

序章

「馬を止めろっ、逆賊っ！　抵抗すれば容赦はしない——がっ！」

私——煌《トウ》帝国前大将軍、皇英峰《コウエイホウ》が馬上から振り向きざまに放った矢は狙い違《たが》わず、先頭の騎兵の左肩を貫いた。

夜明け間近の薄闇と北方の冷気の中、悲鳴があがり、鞍《くら》の灯《あか》りと共に落馬する。

多少視界が悪いとはいえ、戦場であれば額を射貫《いぬ》いているが……襲撃者であっても、同じ帝国の民なのだ。殺したくはない。

私は両脚だけで馬を操りながら、その間も追手へ次々と矢を速射する。襲撃者の血に汚れた外套《がいとう》と黒基調の軽鎧《けいがい》、腰に提げている黒鞘《さや》と白鞘の双剣が揺れた。

『っ⁉』

動揺し速度を緩めた残りの騎兵達の腕や腿《もも》に矢が突き刺さり、動きが止まる。騎射を習得している者はいないようだ。

今宵《こよい》泊まる予定だった帝国最北都市『老桃《ロウトウ》』の守備隊長が、変事を察した後、無理矢理押し付けてきた強弓《ごうきゅう》に矢をつがえながら、小さく吐き捨てる。

「……私が逆賊と呼ばれる日が来ようとはな」

春近し、と謂《い》えど荒野の夜明けは冷え、息も白い。

本来ならば、今頃は温かい部屋で微睡《まどろ》んでいただろうに……。

私や、今は帝国大丞相《じょうしょう》を務めている幼馴染《おさななじみ》の王英風《オウエイフウ》、七年前に亡《な》くなった先帝が、此処《ここ》『老桃《ロウトウ》』で神代以降、誰も成し遂げていない『天下統一』の誓いを立てたのは今から二十年前。

十五で初陣《ういじん》を果たした後は、先帝に双剣を託され、何時《いつ》の間にやら軍事を統括する大将軍となり東奔西走。

数多《あまた》の苦難を乗り越える中——私と内政を司《つかさど》る英風《エイフウ》は【双星】と讃《たた》えられるようになり、今や帝国は、北方草原地帯に位置する小国【燕《エン》】と、大陸を南北二つに分かつ大河南方で辛《かろ》うじて独立を維持している【斉《サイ》】を除き、悉《ことごと》くを併呑《へいどん》した。

私達三人があの日、千年を生きたと伝わる巨大な桃の大樹の前で誓い合った夢は、手が届くところまで近づき、双剣は天下を統《す》べる剣——【天剣《てんけん》】と謳《うた》われるまでになっていたのだ。

しかし……先帝が亡くなって以降、帝国領は拡大していない。

現皇帝には天下を統一する意志がないのだ。

私自身も最早《もはや》大将軍ではなく、あれ程近しかった英風《エイフウ》とも、数年の間会ってもいない。

物悲しさを覚えながら、薄闇の中を動く追手へと矢を送り込む。

再び悲鳴と叫びが響き渡った。

「ど、どうして当たるんだっ⁉」「た、松明《たいまつ》を消せっ！」「負傷者多数っ！　手が足りませんっ‼」「盾に隠れろ！　あの御方が本気なら……俺達は今頃、みんな死んでるぞ‼」

弓に矢をつがえながら、相手戦力を分析する。

――多くは実戦を知らない新兵。

数少ない古参兵も、視界の悪い夜明けに騎乗戦闘の経験はない。

今や私を追う余裕を持つ者はいなくなっていた。弓から矢を外し、独白する。

「……弱い。皇帝直属軍がこの程度とは。私を確実に殺したいのであれば、もっとやりようがあるだろうに。都で暗殺する気概もなく、『来春の侵攻に備え、北辺を偵察せよ』なぞと嘘《うそ》の任務をでっち上げて――いや、わざと、か……そこまで恨んで……」

最後まで言葉は出て来ず、私は手綱を引いた。

夜明けの近い北の空に双星が瞬《またた》く中、踵《きびす》を返させ、目的地へと急ぐ。

——私が大将軍を退いたのは、先帝が亡くなった翌年だった。

早急な【斉《サイ》】侵攻を訴える声が、五月蝿《うるさ》かったのだろう。

二代目皇帝から遠回しに引退を促され、まずは将軍位。

以後、兵権、領土を順次返上し、実質的に隠居状態となった。

一度だけ英風《エイフウ》と激論を交わしたものの、帝国の政治を司《つかさど》る、大丞相閣下との議論は噛《か》み合わず——漆黒と純白の鞘に触れる。

私に残されたのは今や【天剣】のみだ。

これだけは——……どうしても返上する気にはなれなかった。


「いたぞっ！！！！　討ち取れっ！！！！！」


前方から若い男の命令が響き渡り、数十の騎兵が小高い丘を駆け下りて来る。伏兵か！

馬を駆りながら、軍の指揮官として考える。

これで暗殺者達を含めれば五隊目。

たった一人の目標に対するならば、初手から大兵力で圧倒すれば良いものを。

過去七年間の軍事費削減は、兵達の練度だけではなく、指揮官にも悪影響を与えているようだ。同時に間違いなく、英風《エイフウ》の指揮ではない。

急速に近づいて来る騎兵の群れを見つめる。

朝靄《あさもや》の中とはいえ、弓で狙い撃つのはわけもないが……。

弓を背負い、鞍に結わえつけてあった槍《やり》を手にし、

「はっ！」

左手で手綱を持って馬の速度を一気に上げさせる。

昔、私が命を救ったらしい『老桃《ロウトウ》』の若き守備隊長は、良い馬を選んでくれたようだ。

……後で罪に問われなければ良いのだが。

そんなことを思いながら、薄い靄の中へ突入。

「!?」「ぐはっ！」「つぅ！」「なっ！」

『っ！？！！！』

敵部隊を真正面から貫き、擦れ違い様に柄で数騎を叩《たた》き落とす。

咄嗟《とっさ》に剣で反撃してきた若い騎兵の一撃を軽く躱《かわ》し、馬首を返す。

靄が晴れ、兵達の『信じられない』という表情が見える。

かつて、私達三人が誓った『乱れた天下を統一し、悪政と異民族、賊によって虐《しいた》げられている民を救おう！』という夢は、叶《かな》えられまい。

……それでもっ！

右手で槍を大きく振るい、名乗りを上げる。

「煌《トウ》帝国前大将軍、皇英峰《コウエイホウ》だ。小僧共――我が首、取れるものなら、取ってみよっ‼」

＊

「ここらで良いか」

幼い頃、親友達と共に駆け巡った秘密の獣道を抜け、目的地に辿《たど》り着いた私は、幾重もの包囲網を突破し疲労困憊《ひろうこんぱい》な様子の馬を止めた。空は既に白み始めている。

目の前には、崖そのものを飲みこむように育った桃の巨木と苔《こけ》むした巨岩。

轟々《ごうごう》と複数の滝の落ちる音が聴こえてくる。

二十年ぶりにやって来た煌《トウ》帝国始まりの地――先帝、私、英風《エイフウ》が『天下を取ろう！』と誓った老桃《ロウトウ》は何一つとして変わっていなかった。その永き寿命と共に崇敬の対象である、一年中咲き誇る淡い紅花が、微《かす》かな朝陽《あさひ》の中で幻想的な光景を作り出している。

あの頃、私達に怖いものなどなにもなかった。ただ大きな夢だけがあった。
……今となってはひたすらに懐《なつ》かしい。
馬から降りて鞍を外し、首筋を優しく抱きしめてやりながら声をかける。
「ありがとう。本当に助かった。もう行け。残ればお前にも害が及んでしまう」
すると、賢馬は目を細め申し訳なさそうに嘶《いなな》き、獣道を戻って行った。
私は馬を見送り、背嚢《はいのう》を置いて巨木の前に佇《たたず》んだ。既に矢筒は空。槍も折れた。
瞬く北の双星と沈みかけている月の位置、地平線の朝陽からして、夜明けは間近だ。
追手も追いついて来るだろう。
それにしても――
「此処だけは変わらぬな」
桃の木の寿命は短い。
にも拘《かか》わらず……枯れることなく、伝承によれば千年の間この地にあり続けている。
『老桃《ロウトウ》』という地名となったのも納得だ。
――暫《しばら》くして、風が新しい土の匂いを運んで来た。
視線をかつてよりも広い山道へと向ける。
「……来たか」

朝靄の中、盾兵を先頭に兵士達が前進して来る。

その数――ざっと千。

帝国の最精鋭部隊を、たった一人の元将軍相手に投入するとは……御大層なことだ。

顎に触れながら、馬に乗って中央を進む若い女将軍を一喝する。


「そこで止まれっ！　それ以上進めば――今度は死者が出ようぞっ‼」


先頭の戦列が慄《おのの》いたように停止した。兵士達の顔には緊張が張り付いている。この地に来るまでの間に出た多数の負傷者を見てきたのだろう。……やはり、実戦経験不足か。

それでも、派手な兜《かぶと》を被《かぶ》った女将軍が指揮棒を振り回し叫ぶと、ゆっくりと前進が再開。

滝の音に遮られ聞こえないが、『臆するな！』とでも言っているのだろう。

先帝自身が率いた古参親衛隊も解体されて久しい。私が数多の戦場で今まで何を為《な》してきたのか、実際に知らぬ者も増えたようだ。

「……歳《とし》は取りたくないものだ。まだまだ、若いつもりだったのだが」

苦笑していると、やや離れた場所で、崖上の私を囲むように布陣が完成した。

「芸のない。もう少し工夫があってもよいだろうに。しかし、困ったな」

手持ちの武器は腰に提げている双剣のみ。

これを、仮にも味方相手に抜くわけにもいかないのだが……軍旗の傍《そば》にいる若い将が剣を抜き放った。

「奴《やつ》には逃げ道も、矢もないっ！　突撃し、逆賊を討てっ‼」

『…………っ』

戦列内の兵達や下級指揮官達の顔に戸惑いが浮かび、声なき声となった。

古参兵と分かる者に到《いた》っては、露骨に嫌そうにしている。

このまま私と戦った場合、自分達がどういう目にあうのかを、理解しているのだ。

女将軍が苛立《いらだ》たしそうに指揮棒を振り回し、怒号を発した。

「何をしているっ！！！！　奴を――『逆賊』皇英峰《コウエイホウ》を討つべしっ！！！！　これは、皇帝陛下の勅命であるっ！！！！」

今宵、幾度も聞いた文言に胸が痛む。英風《エイフウ》の懐刀《ふところがたな》までこう言うとなると、皇帝はやはりそれ程までに私を憎んで――躊躇《ためら》っていた兵の一部が山道を猛然と駆け上って来る。

私は半瞬だけ瞑目《めいもく》し、右手を黒剣の柄へと持っていき、

「覚悟――っ！？！」『！』

真っ先に駆け上って来た兵が剣を上段に構えて振り下ろす前に、胴鎧《よろい》へ蹴りを叩きこ

んだ。兵士は悶絶《もんぜつ》し近くの兵士達も巻き込み、山道を転げ落ちていく。

その横から兵が殺到して来るが、

「――気をしっかり保てよ？」

『～～～～っ!?　!!』

鞘《さや》に納まったままの黒剣の横薙《な》ぎを躱しきれず、十数名が悲鳴をあげて空中高くまで吹き飛ばされ、次々と地面に叩きつけられた。悲鳴と苦鳴、恐怖の呻《うめ》きが連鎖する。

後に続く兵士達が驚愕《きょうがく》し足を止めたのを見やりつつ、忠告する。

「人を待っている。死にたくなければ向かって来るな。殺したくはないのだ」

兵士達の瞳が激しく揺れ、後退《あとずさ》る者多数。

数少ない古参兵達の中には見知った顔も多く、そういう者程、顔面を蒼《あお》く染めている。

「何をしているっ！　奴が虎や龍のように強かろうが――独り。たった独りなのだっ!!!　帝国と皇帝陛下に仇《あだ》なす者を討てっ！！！！　討つのだっ！！！！！」

女将軍もまた顔を蒼褪《あおざ》めさせながら兵を鼓舞。余程私を殺したいらしい。

いや――奴隷身分から将まで引き上げてくれた主《あるじ》である、『英風《エイフウ》の手を汚させない』という忠誠故か。

黒剣を握り締め、犬歯を見せる。

「では……致し方ない。我が首取って、末代までの誉《ほまれ》と」

「待てっ！！！！！！！！！！！！！！！！！！！！！！！」


獣道から、優男が不格好に駆る馬が飛び出してきた。

白髪混じりの髪はぼさぼさ。外套《がいとう》も薄汚れている。

兜下《とうか》の女将軍の顔が激しく動揺し、悲鳴をあげた。

「か、閣下⁉　ど、どうして……」

優男――私の親友であり、現在は政敵とされている王英風《オウエイフウ》は信じられない程、冷たい口調で再度命じた。

「紅玉《コウギョク》、退《ひ》け。これは煌《トウ》帝国大丞相《じょうしょう》としての命である。私は煌《トウ》帝国大将軍皇英峰《コウエイホウ》と話があるのだっ！　何より――この場所は先帝と我等の誓いの地‼　何人《なんぴと》も立ち入ることは許さぬっ‼」

「はっ……も、申し訳ありませんでした………」

女将軍は身体《からだ》を大きく震わせながら項垂《うなだ》れ、指揮棒を力なく振るった。

引き攣《つ》った顔をしていた指揮官達も兵と負傷兵をまとめ、山道を下って行く。

軍の隊列が見えなくなるまで英風《エイフウ》は厳しい顔で眼前を見下ろしていたが――やがて、息を吐き、転がるように馬を降りると、深々と頭を下げてきた。

「……すまなかった。今回の件……全て私の失態だっ……」

「気にするな。良い娘だ。お前を想《おも》ってのことだろう。吞《の》め」

背嚢から酒杯を二つ取り出し、酒を注ぎ盟友に差し出す。

先帝亡《な》き後、私と英風《エイフウ》の立場は大きく変わった。

しかし――幼き頃より共に歩んで来た事実は疑いようもない。私達は盟友なのだ。

英風《エイフウ》は酒杯を受け取ると、一気に飲み干した。白髪が微かな朝陽で光り、目の下の隈《くま》がより目立つ。

「老《ふ》けたな。三十五には到底見えんぞ、大丞相閣下？」

からかいながら酒を注ぎ直すと、英風《エイフウ》は苦々し気に吐き捨てた。

「……元大将軍殿と違い、面倒な仕事をしているからなっ！」

「政《まつりごと》は専門外だ。所詮、私は『剣』に過ぎん」

「……ふんっ」

英風《エイフウ》は酒杯を半分程飲み干すと、酒瓶を荒々しくひったくった。

「……貴様は変わらんな。真っすぐで、自らを貫くことを躊躇わぬ。だからこそ……」

風が吹き、無数の桃の花が夜と朝の光を浴び舞った。

あの時と——……二十年前と同じように。

直後、がばっ、と顔を上げた友の瞳には大粒の涙。

杯が手から零《こぼ》れ落ち、音を立てて割れた。私の両肩を痛いくらいに握り締めてくる。

「英峰《エイホウ》よ。我が友よ。逃げよっ……！　貴様が……貴様のように、誰よりも、国を、民を想い戦い続けて来た人間が、このような冤罪《えんざい》で弑《しい》されるなぞっ……あってはならぬっ‼」

その必死な顔を見て瞬時に理解する。

嗚呼《ああ》……この男は、心優しく誰よりも賢い友は、皇帝に私を暗殺するよう命じられた後、夜も眠れない程、悩みに悩み続けていたのだ。

巨樹を見上げ——昔の口調に戻し、素直な想いを口にする。

「陛下が………あの坊が、それ程までに俺を憎んでいるとは思わなかった」

先帝の一人息子である二代目皇帝が凡庸なのは分かっていた。

それでも、英風《エイフウ》さえいれば帝国を発展させるのには十分だとも思っていたのだ。

友が顔を伏せる。

「……貴様は眩《まぶ》し過ぎたのだ。数多《あまた》の戦場に出向き、傷一つ負わず不敗。先帝の『剣』として積み上げたその武勲は古今に比類無きもの。陛下に対しても意見を曲げず、自ら官位と領土を返上。兵権すら手放しながら、【天剣《てんけん》】の返上には応じず……。戦場を経験されていない陛下からすれば、小馬鹿にされたように感じられたのだろう」

「【天剣】っていう呼び方は相応《ふさわ》しくないな。未《ま》だ天下は統一されていないぞ？」

茶化すも返答はなく、英風《エイフウ》が拳を近くの岩に叩《たた》きつける。

「正直に言おう。私とて――……貴様に嫉妬していたっ。『どうして、天は同時代に、皇《コウ》英峰《エイホウ》と王英風《オウエイフウ》を生かしたのだ』と。……笑ってくれ。『大丞相』などと世に謳《うた》われようとも、先帝亡き後の七年、私を突き動かしていたのは貴様への嫉妬だったのだっ！　結果が……この様っ。唯一人の友を表立って救うことすら出来ぬっ…………」

「……そうか」

本当は俺も、味方を死なせる武将ではなく、味方を救う英風《エイフウ》のような文官になりたかったんだが……口にする雰囲気ではないな。

目を閉じ、腰から双剣をゆっくりと抜き放ち、俺は巨岩の前へと進んだ。

漆黒の剣の銘は【黒星《こくせい》】。

純白の剣の銘は【白星《はくせい》】。

俺と英風《エイフウ》の親友、今は亡き飛暁明《ヒギョウメイ》が皇帝となる前、俺にくれた唯一の物だ。

何でも天より落ちてきた星を用い、神代に打たれたものらしい。

盟友が目を瞬《しばた》かせる。

「英峰《エイホウ》？　何を——」「はっ！」

問いを無視し、俺は双剣をかつて暁明《ギョウメイ》が腰かけた巨岩へ無造作に振り下ろした。

——刃が岩に滑り込む感覚。

両断された巨岩が転がり、滝へと呑み込まれ、大水柱が立ち上がった。

水滴を受けながら、俺は双剣を鞘へ納め腰から引き抜く。

「英風《エイフウ》！」

呆然《ぼうぜん》としている友へ【天剣】とならなければならない双剣を放り投げ、告げる。

「そいつにはまだ役割が残っているようだ。後は——お前が引き継げ！」

「え、英峰《エイホウ》？　何を……何を言っているのだ………？」

友が声を震わせる中、俺は崖の際《きわ》に立ち片目を瞑《つぶ》った。

「なに——お前なら出来るさ。ああ、そうだ。いい加減、嫁は持てよ？」

「わ、分かった。分かったから！　馬鹿なことを考えるなっ！」

真っ白な朝陽《あさひ》が差し込んできた。夜が明け、星々が消えていく。

英風《エイフウ》が必死な形相で訴えてくるも、俺は頭を振った。

「これからの帝国に必要なのは『剣』じゃなく――」

初めて戦場に立った二十年前と同じく、今にも泣きそうな顔をしている友へ微笑《ほほえ》む。

「お前なんだよ、王英風《オウエイフウ》。俺の、俺達の夢を――天下を統一し、民が安心して飯を食える国をどうか作ってくれ。色々あったが楽しかったぜ――……じゃあなっ！」

「**英峰《エイホウ》っ！！！！！！！！！！！！！！！！！**」

親友の叫びを耳朶《じだ》に感じながら、俺は思いっきり地面を蹴る。

空中に身体を投げ出し頭上を眺めると――双星の一方が墜ちるのが見えた。

直後、滝に呑み込まれ、冷たい水に包まれていく。

――悪くない人生だった。

仮に次の生が与えられるならば……今度は戦場で人を討つ武官ではなく、英風《エイフウ》みたいな政治で人を救う文官になりたいもんだ。

まぁ、俺じゃあ、精々地方文官が限界だろうが。

そんなことを思いながら、俺――皇英峰《コウエイホウ》の意識は暗い水底に飲み込まれていった。

第一章

「では、これより模擬戦を開始する。一対三とはいえ、手加減は無用だ。――よろしいですね？　白玲《ハクレイ》御嬢様」

「――ええ。問題はありません」

大陸を南北に分かつ大河以南を統《す》べる栄《エイ》帝国。

その北辺に位置する湖洲《コシュウ》の中心都市、敬陽《ケイヨウ》郊外の演習場に涼やかな少女の声が響いた。

生真面目そうな若い青年隊長の問いかけに答えたのは、美しい剣を構えた美少女――栄《エイ》帝国を異民族から守護する名将【護国《ごこく》】張泰嵐《チョウタイラン》の長女、白玲《ハクレイ》だ。

緋色《ひいろ》の紐《ひも》で結いあげられた長い銀髪は太陽の光を反射し、様々な異国人の出入りするこの国でも滅多に見ない蒼の双眸《そうぼう》には深い知性を湛《たた》え、均整の取れた体躯《たいく》に纏《まと》う白を基調とした軍装と軽鎧《けいがい》を身に着けた姿は、身内ながら凛々《りり》しい。

城壁や櫓《やぐら》の上から見学している兵士達も思わず賛嘆を零す。

俺――張《チョウ》家の拾われ子である隻影《セキエイ》と血こそ繋《つな》がっていないものの、妹同然だと思っている少女の容姿は、身内贔屓《びいき》抜きで美しかった。

『皇英峰』が生きていた千年前でも、白玲《ハクレイ》程の美少女はいなかった。

性格も真面目で、日々鍛錬に励み、張《チョウ》家に仕えている者達や兵達には温和。

昔と違って、『銀髪蒼眼の女は国を傾ける』なんて迷信もなくなったようで、敬陽《ケイヨウ》の住民達にも慕われている。

『本当に同じ十六か？　まさか、俺と同じで前世の記憶が⁉』

と、思ったりするのは秘密だ。昔から俺にだけはやたらと手厳しいが……。

取り合えず、俺の感想は間違っていないようで、

「白玲《ハクレイ》様、頑張ってくださいっ！」「今日も御綺麗《きれい》です」「『地方文官になる！』なんて、世迷言《よまいごと》を仰《おっしゃ》る隻影《セキエイ》様に喝をお願いします」「半年も一人で都へ行ってたのずるい！」「若様もこの後、訓練されるんだろ？」「武官になるんですものね？」

見物している大多数の男性兵士と少数の女性兵士は白玲《ハクレイ》への応援と、ここぞとばかりに俺への揶揄《やゆ》を叫んでいる。最前線である敬陽《ケイヨウ》では、男女問わず武器を持つ。

……に、しても、訓練だって？

誰がするかよっ！　俺は都で手に入れてきた書物を読むので忙しいんだ！

『ふむふむ……将来は書類仕事をする、所謂《いわゆる》文官になりたいんですね！　なら、難しい書物を読むのも大切ですよ？　こちら、今ならお安くお譲りします♪』

都で出会った年上少女の言葉を思い出す。性格はどうあれ……あいつに極めて優秀な文官としての資質があるのは事実。

前世では成し遂げられなかった文官の夢、今世では必ず果たしてみせるっ！

そもそも——俺は訓練に出るつもりなんてなかったのだ。

なのに、白玲《ハクレイ》が、

『張《チョウ》家に居候《いそうろう》している者の最低限の義務です』

なんて涼しい顔で言うから、仕方なく出て来ざるを——銀髪の御姫様が振り返り、目を細めて俺を見た。

「…………」「…………」

美少女の『私が訓練をするのに、貴方《あなた》は見ないんですか？　……へぇ』という圧力に負け、目を泳がせる。

戦場で張泰嵐《チョウタイラン》——親父《おやじ》殿に拾われて早十年。

前世の杵柄《きねづか》もある武芸ならいざ知らず、白玲《ハクレイ》の無言の圧力に勝ったためしはない。

黒の前髪を弄《いじ》りながら、手を軽く振る。

「あ～……早く始めた方がいいんじゃ？」

「……………そうですね」

白玲《ハクレイ》は冷たく応じ、殊更ゆっくりと兵士達へ向き直った。

審判役の青年隊長が、戸惑った顔で俺を見て来たので、軽く頷《うなず》く。

「では──始めっ！」

合図を受け、白玲《ハクレイ》と兵士達の模擬戦が始まった。

三人の兵士達は訓練用の槍《やり》を構え、じりじりと白玲《ハクレイ》へと近づいて行く。動きからして、徴募されたばかりの新兵達のようだ。

対して、時折吹く春風に銀髪を靡《なび》かせている少女は動かず。うん、負けはないな。

──かつて、辺境の一州を除き天下をほぼ統一していた栄《エイ》帝国。

今から五十余年前、大河より北方を旧【燕《エン》】から勃興した騎馬民族国家──【玄《ゲン》】帝国に奪われ、旧【斉《サイ》】があった南方にまで追いやられたこの国にとって、領土奪還は悲願。

今は小康状態だが、何《いず》れ必ず戦いは再開される。

その際──先陣を務めるのは、大河で【玄《ゲン》】の軍と対峙《たいじ》し続けている張家軍《ちょうかぐん》なのだ。

『とにかく訓練を！』という親父殿の方針は正しい。

前世の俺が最期《さいご》を遂げた『老桃《ロウトウ》』にも何時《いつ》か行けるようになってほしいもんだ。

信じられないことに、未だあの桃の大樹はあるようだし……。

俺が想《おも》いを馳《は》せている間にも、白玲《ハクレイ》が剣技だけで兵士達を城壁に追い詰めていく。半年の間、随分と鍛錬をしていたようだ。

自然と表情が緩むのを自覚しながら、俺は天幕の下で読書を再開した。

読んでいるのは煌帝国が天下を統一し、そして滅ぶまでを記したものだ。

『双星、業国《ギョウコク》を一戦で大破す』

——そうだった。そうだった！

朧気《おぼろげ》にしか覚えてないものの、七曲山脈《ななまがりさんみゃく》越えを成し遂げて敵首府強襲に成功したあの戦は、英風《エイフウ》が考案、俺が実現した会心の戦で——後背からわざとらしい老人の咳払《せきばら》い。

「うっほん。……若、きちんと見られませんと、後で白玲《ハクレイ》御嬢様がお怒りになられますぞ？　ただでさえ、半年にも及ぶ若の都行きで御機嫌よろしからず！　その間、御嬢様は殿の命に従い、鍛錬を続けておられたのです」

「……礼厳《ライゲン》、怖いこと言わないでくれよ。ちゃんと手紙だって書いてたし……月に一度」

「ほぉ？　当初の約束では、半月に一度だったとうかがっておりますが？」

「……いやまぁ、俺も忙しかったし……」

俺はごにょごにょ言いながら、白玲《ハクレイ》からもらった綺麗な鳥の羽を史書に挟み、何時の間にか背後にやって来ていた白髪白髭《しらひげ》の偉丈夫――親父殿の副将であり、俺達の守役を務めてくれている礼厳《ライゲン》に答え、演習場へ視線を戻した。

兵士達の歓声の中、白玲《ハクレイ》はまるで舞うように攻撃をしかけていた。

剣閃《けんせん》と長い銀髪が宝石のように煌《きら》めく。

当たり前の話だが、剣と槍なら後者の方が有利だ。何せ槍の方が長い。まして、相手は未熟でも三人。

殆《ほとん》どの局面において、数は質を凌駕《りょうが》する。

けれど……。

「遅いですっ！」「「「!?」」」

白玲《ハクレイ》は突き出される槍を回転しながら次々と捌《さば》き、逆に兵士達を追い詰めていく。

俺は思わず拍手し、純粋に称賛する。

「お～この半年で強くなったな、あいつ！」

「そうですな。昨今、この敬陽《ケイヨウ》の近くでも野盗の類が出ておりますれば、御嬢様もそれを大変気にされて……いえ、やはり、若にお見せする為《ため》でしょう」

爺《じい》が白髭をしごきながら、目元を緩ませ変なことを言ってきた。

……どうも、爺もうちの家の連中も、俺達の関係を誤解している節があるな。

都から帰って来て以来、あいつにほぼ行動を拘束されているのは事実だが。

俺が自分の黒髪を掻《か》き乱していると、前方の演習場では銀髪の美少女が兵士達に最後の一撃を放った。槍が宙を舞う。

「あ！」「くっ！」「ま、参ったっ！」

「それまで！　白玲《ハクレイ》様の勝ち」

『おおお～！！！！！』

壁に追い詰められた兵士達の槍が地面に突き刺さると同時に、青年隊長が左手を挙げ、演習場内に大歓声が轟《とどろ》く。

そんな中でも涼しい顔を崩さない御姫様は剣を納めず、俺と視線を合わせ、微笑んだ。

……激しく嫌な予感。

「さ、隻影《セキエイ》。次は貴方の番ですよ？」

案の定、人前でわざわざ俺の名前を口にした。

俺は史書を掲げ、聴こえないふりをして、拒否しようとし――鞘《さや》に納まっている訓練用の剣が机の上に置かれる。

がばっ、と顔を上げると、白髪白髭の老将は満面の笑みを浮かべていた。

「若、どうぞこちらを御使いください。刃は引いておりますれば、ご心配なきよう」

「なっ……じ、爺まで、俺の味方をしてくれないのかよっ⁉」

「御味方でございます――この局面では白玲《ハクレイ》様の、ですが」

「う、裏切り者ぉぉ！」

悲鳴をあげていると、少女の足音。

心なしか足取りが軽く聞こえるのは、俺の耳が悪くなったせいか。

白玲《ハクレイ》が手を伸ばし、俺の肩に白い手を置いた。

「父上の御言葉です。『とにかく、訓練を！』――……私が呼んだら、とっとと来なさい」

「…………はい」

御姫様の恫喝《どうかつ》に屈し、俺は涙を拭う真似《まね》をしながらよろよろと立ち上がり、演習場の中央へと向かった。すぐさま将兵達がからかってくる。

「若、都で遊んだ罰ですよ～」「白玲《ハクレイ》様を置いて、一人で都へ行くのは大罪に違いない」

「でも、美味《うま》い飯は助かりました！」「いや、あれは都の『王商会《オウ》』が手配を――」

残念ながらこの場に味方はいないようだ。薄情者共めっ。

対して、早くも少し離れた場所に立った白玲《ハクレイ》はお澄まし顔で長い銀髪を払った。都へ行く前に俺が渡した紅《あか》い髪紐が同時に跳ねる。

……訓練場に連れて来た時から、こうするつもりだったなっ⁉

俺は渋い顔になるのを自覚しながら、幼馴染《おさななじみ》の美少女へ恨み節。

「仕方ねぇなぁ……怪我《けが》したら、お前のせいだからなっ！」

「あら？　自信満々ですね、居候さん。もしかして、半年間鍛錬を欠かさなかった私に勝てると？」

一見普段通りだが——俺には分かる。何故《なぜ》かは知らんが、明らかに上機嫌だ！

両腰に手をやり、胸を張る。

「ふっ……阿呆《あほう》な御嬢様め。怪我をするのは勿論《もちろん》、俺だっ！」

「悪口を言った方が阿呆だって、御自慢の書物には書かれていなかったんですか？　ほら、早く剣を抜いてください。みんなが待っています」

流れるような反論。張白玲《チョウハクレイ》は俺よりも賢いのだ。

正直言って……殆どの才覚で俺は負けている。文官としての才は特に。

仏頂面《ぶっちょうづら》になりつつ、頬を膨らます。

「へーへー。……チビの頃はあんなに可愛《かわい》くて、妹みたいだったのに……」

白玲《ハクレイ》の眉が、ピクリと動き、すぐさま普段通りの冷静な表情になった。

後ろ髪の紅紐《ひも》を指で弄り早口。

「……言っておきますが、この距離なら貴方の唇は問題なく読めます。客観的に見て、私は今でもそれなりに容姿は整っていると思います。あと、私が姉ですし、貴方みたいな弟は絶対にいりません」

「っ！　そ、そこは、聞こえないふりを」「いりません」

白玲《ハクレイ》が断固とした口調で遮ってくる。

そ、そこまで否定しなくても……。結構、仲良く過ごしてきたと思ってたんだが。

悩んでいると、審判役の青年隊長が話しかけてきた。何処《どこ》となく礼厳《ライゲン》に似ている。

「……あの……始めてよろしいでしょうか？」

「ん？　ああ、いいよ」「大丈夫です」

二人で同時に返答し、改めて向き直る。

ほんの微《かす》かに笑みを零《こぼ》し、白玲《ハクレイ》が声をかけてきた。

「半年間――この光景を幾度か夢に見ました。とっととやられてください。怠け者の居候がやられる話、貴方の蔵書にも書かれていました」

「無理矢理、戦わせておいて、その言い草かよ⁉　あと、人が都に行ってる間に、俺の書物を勝手に読むなっ！」

するとと少女は細い人差し指で頬に触れ、宝石のような蒼《あお》の双眸《そうぼう》を瞬《しばた》かせ、不思議そうに聞いてくる。

「？　貴方《あなた》の物は全て私の物です。何の問題が？？」

「……じ、じゃあ、お前の物は？」

恐る恐る質問。

すると、白玲《ハクレイ》は剣を振り、普段通りの口調で叱責してきた。

「当然、私の物です。愚問ですよ？」

「ぼ、暴君……張白玲《チョウハクレイ》は暴君だっ！」

「大丈夫です。何も問題ありません。貴方に対してだけなので。――合図を」

「なっ！　お前なぁ……」「は、始めっ！」

俺が文句を言い終える前に、模擬戦が開始され、白玲《ハクレイ》の姿が掻き消えた。

地面スレスレを疾走し、鋭い一撃！

「うおっ！」

俺は少女の奇襲を、身体《からだ》を逸《そ》らし辛《かろ》うじて回避。

後退しながら鋭い連続攻撃を、躱《かわ》しに躱す。白玲《ハクレイ》の笑みが深くなる。

『**訓練は実戦の如《ごと》く。実戦は訓練の如く**』

親父《おやじ》殿の薫陶《くんとう》よろしき、だな！

問題は……剣が俺の前髪を掠《かす》め、数本が犠牲になる。刃はひいてあっても、使い手次第という良い例だ。

大きく後方へ跳躍し、少女へ抗議。

「ほ、本気過ぎだってのっ！　当たったら死ぬぞっ⁉」

「本気じゃなきゃ訓練になりません。第一――」

「っ！」

涼しい顔の白玲《ハクレイ》は息も切らさず間合いを一気に詰めてきて、容赦のない横薙《な》ぎ。

上半身を逸らすと、顔の上を剣が通過していく。

体勢を戻し後方へ回り込もうとするも、剣で制され、白玲《ハクレイ》が美しい微笑。

「貴方には当たらないでしょう？　今日こそ、剣を抜かせてみせます！」

張《チョウ》家では幼い頃から武芸の訓練を行うが、白玲《ハクレイ》との模擬戦で俺は一度も剣を抜いたことがない。恐る恐る質問する。

「――……使ったら、許して」「許しません」

「理不尽っ！」

再開された白玲《ハクレイ》の、剣舞のような激しい連続攻撃を足さばきだけで凌《しの》いでいくも、半年前の模擬戦と異なりどんどん後退を余儀なくされる。

これだから天才はっ！　成長速度がとんでもなさすぎるっ‼

前世からの経験で俺が多少の優位性を持つ武の才まで、上回ろうとしないでほしい。

まぁ、俺と模擬戦をしている時の、やたらと嬉《うれ》しそうな白玲《ハクレイ》を見るのは嫌いじゃ――

「お？」

軽い衝撃を感じ、背中が城壁についた。少女の瞳が輝く。

斬撃を放った後に前へ一歩踏み出し、容赦の一切ない両手突きを放ちながら叫んだ。

「私の勝ちです！」

――これは足さばきだけじゃ躱せない。

身体が勝手に反応し、右手で少女の腕を摑《つか》み、

「っ⁉」

自分自身を一回転させ、体勢を入れ換える。

そして、白玲《ハクレイ》の首筋にほんの少し左手を付けた。後ろ髪が跳ね、髪紐が揺れる。

壁に突き刺さった剣が目に入り、冷や汗をかきながら俺は軽口を叩《たた》く。

「ほい。今日も俺の勝ちだな。都から送った花飾りは着けないのか？？」

「………そうですね。あれは仕舞ってあります――……また、抜かせられなかった」

さっきまでの上機嫌は何処へやら、剣を抜き鞘へ納めた白玲《ハクレイ》は不満そうに同意した。

そして、唖然《あぜん》としている青年隊長を見やり、視線で次の動作を促す。俺達の模擬戦を見

るのは初めてだったようだ。

やや遅れて、審判は声を上ずらせながらも左手を挙げた。

「せ、隻影《セキエイ》様の勝ちっ！」

『おおおお！！！！！』

兵士達が喝采を叫び、演習場内がざわつく。

「流石《さすが》は若！」「白玲《ハクレイ》様が負けるなんて……」「あの、小隊長殿……どうして隻影《セキエイ》様は文官志望なんですか？」「子供の夢ってやつさ。何《いず》れ諦める」「御二人と張《チョウ》将軍がいれば、【玄《ゲン》】の連中なんて恐れるに足らず！」……ああ、またやってしまった。

文官志望なら勝つ必要はなかったのに。俺はもしかして馬鹿なのかもしれない。

何とも言えない気持ちになりながら、少女の頭に目を落とし、疑問を零す。

「髪紐も都から送ったよな？　白と蒼の、お前に似合いそうなやつ。花飾りは『届きました』って手紙に書いてあったけど、そっちはもしかして届いてないのか？？」

「……届いています。でも、敬陽《ケイヨウ》はこの時期埃《ほこり》っぽいし……汚したくないので……」

「？？？」

「…………何でもありません。とにかく、届いてはいます」

俺がキョトンとしていると、白玲《ハクレイ》は腕組みをして背を向けた。

不機嫌そうな、そこまで機嫌は悪くないような。

……女って、前世から本当に分かんねぇ。

俺が嘆息していると、広い演習場内に礼厳《ライゲン》の威厳ある声が轟《とどろ》いた。

「鎮《しず》まれぃ」『！』

瞬時に静寂。

歴戦の老将は背筋を伸ばした兵士達を見渡し、ニヤリ。

「貴様等、白玲《ハクレイ》様と隻影《セキエイ》様の技量、しかっと見たな？　我等に新時代の【双星】ありっ！　何れ――必ずや北伐《ほくばつ》は敢行されんっ！　その際、主力となるは我等『張家軍《ちょうかぐん》』であるっ！　御二方の足を引っ張らぬよう、各自訓練に励むべしっ‼」

『はっ！　老厳様っ‼』

兵士達が一斉に居住まいを正した。年の功だな。

……ただ、その……俺は文官志望であって、武官になるつもりは……。

銀髪少女の細い腕が伸びて来て、軍装の首元を摑まれた。

「？　白玲《ハクレイ》？？」

「服が乱れています。ちゃんとしてください。貴方は張《チョウ》家の一員なんですから」

普段通りの冷静な物言い。蒼の双眸にも一切の動揺はない。

出来れば自分の容姿を少しは気にしてほしいんだが……。俺だって十六になる健全な男であり、近づかれると、ドギマギもする。

こいつの婿になる奴《やつ》は、毎日こういうことを人前でされるのか？　心臓が幾つあっても足りないだろうなぁ。

未来の婿殿に同情しながら、話題を変える。

「あ～……この後は休んでいいよな？　史書を読みたいんだ」

「——短命に終わるも、初めて天下統一を成した煌《トウ》帝国の衰亡史。都で購入を？」

「俺じゃ高くて買えないって。明鈴《メイリン》に無理を言って貸してもらったんだ。手紙で書いたろ？　海賊に襲われている所を偶々《たまたま》助けた——……えーっと、白玲《ハクレイ》御嬢様？」

都で何かと世話になった大商人の娘の名前を出した途端、空気が重くなった。

俺達の傍《そば》へやって来ようとした爺《じい》も異変を察知し、そそくさと離れていく。

首元を摑む白玲《ハクレイ》の力が強くなり、俺を見つめた。

瞳に極寒の猛吹雪が見え、悪寒《おかん》が走る。

「……ええ、知っています。私がいない場所で、私より先に、初陣《ういじん》を飾ったんですよね？　さ、休憩は終わりです。次は弓です。その後は馬の訓練を」

「え？　いや、俺は……」

「答えは『諾』以外ありませんよね？　……約束を破って、月に一度しか手紙を送って来なかった居候《いそうろう》さん？」

「うぐっ！」

手痛い所を突かれ、俺は呻《うめ》いた。

周囲を見渡し、助けを請《こ》うも――兵士達全員がニヤニヤしている。孤立無援、か。

瞑目《めいもく》し、両手を挙げる。

「はぁ。分かった、分かったって。付き合えばいいんだろ？　付き合えば」

「最初からそう言ってください。行きますよ」

「首元を、ひ、引っ張るなって！」

将兵達に笑われながら、俺は白玲《ハクレイ》と並んで歩き始める。

何とはなしの問いかけ。

「……髪紐《ひも》と花飾り使ってくれよなー」

「――……時が来たら使います。必ず」

「了解」

素っ気ない言い方の中に照れを感じて、俺はホッとした。気に入ってはいるようだ。

春の温かい風が吹き、俺の黒髪と少女の銀髪を靡《なび》かせた。

*

『双星別離。皇英《コウエイ》、巨岩を斬り、【天剣《てんけん》】を王英《オウエイ》に託す』

その日の晩。

俺は張《チョウ》家の屋敷《やしき》にある自室の窓際《まどぎわ》で独り椅子に腰かけ、『煌書《とうしょ》』を読んでいた。

屋敷内で湧き出す温泉に入ったお陰か、昼間の心労も和らいだように感じる。時折吹く夜風も最高に気持ちがいい。湖洲《コシュウ》には天然の温泉が多いのだ。

お茶の入った碗《わん》に映り込んだ三日月を覗《のぞ》き込みながら、小さく独白する。

「……随分と劇的に書かれているもんだなぁ。自分のことが後世にまでこうやって残っているのは、変てこな気分だが……」

立ち上がり、置かれている姿見に自分を映す。

黒髪紅眼。まだ、成長しきっていない細い身体。着ているのは黒基調の浴衣《ゆかた》。

俺が親父殿に戦場で拾われて十年。

つまり、高熱で死にかけ、前世の記憶を取り戻してから早十年が経《た》った。

と……言っても大半は朧気《おぼろげ》だし、『皇英峰《コウエイホウ》』だったという意識もまるでない。

大半は『ああ、そうだったな〜』と思い出す程度で、受け継いでいるのは武才くらいだ。

拾われた際の記憶もぽっかりと抜け落ちていて、覚えているのは今世の両親が商人だったことと、その二人に連れられて旅をしていたことくらい。

……両親は敬陽《ケイヨウ》郊外で盗賊に襲われて命を落とした、と親父《おやじ》殿に聞いている。

俺は史書を手に取り、再び椅子に腰かけた。

「にしても……まさか、英風《エイフウ》が約束通り天下を統一したとはなぁ」

前世の俺が死んだ後、盟友は皇帝を説得し、瞬《また》く間に【燕《エン》】と【斉《サイ》】を滅ぼしたようだ。

『【天剣】を帯び、常に陣頭で指揮を執るも、一度たりとも抜くことなし』

変に義理堅いのはあいつらしい。

……が、二代皇帝は、天下統一後も暗君振りが収まらず。

自らの遊興の為《ため》、民に重税を課し遊んでばかりだったようだ。

そんな皇帝を窘《たしな》めた英風《エイフウ》すらも、あろうことか叛乱《はんらん》容疑で投獄。

処刑される直前の英風《エイフウ》を助けたのは、死ぬ前の皇英峰《コウエイホウ》を助けてくれた『老桃《ロウトウ》』の守備隊長で——廊下を規則正しく歩く音が聞こえてきた。

「来ました」

銀髪をおろし、風呂《ふろ》上りの白玲《ハクレイ》が姿を見せる。

やや濡《ぬ》れた銀髪と、薄蒼《あお》の寝間着に身を包んだ未成熟な肢体。胸はなくとも、微《かす》かな色気は隠しようがない。

夜、男の部屋に来るのは駄目なことだと、一度説教した方が良いんだろうか……。

思い悩む俺に気付かず、白玲《ハクレイ》はさも『当然』といった様子で部屋へ入り、長椅子へと腰かける。

——俺達は十三まで一緒の部屋で寝ていた。

そのせいもあって、夜寝る前はこうしてやって来て、少し話をするのが未《いま》だに習慣になっているのだ。

俺はこめかみを押し、机の上の布を少女へ投げつけた。

「……髪拭かないと風邪ひくぞ？　お茶飲むか？」

細い手を伸ばし、布を取り頭に載せた白玲《ハクレイ》が口を開いた。

「少しだけ。眠れなくなるので」

「寝坊してくれると、早朝に起こされなくて俺は嬉《うれ》しいんだが？」

苦笑しながら、珍しい硝子《ガラス》の杯に茶を注ぎ、近づいて差し出す。

白玲《ハクレイ》が小さく「……ありがとう」と呟《つぶや》き、杯を手にした。

俺は灯《あか》りがかけられている近くの柱に背を預け、円窓から外を見た。

無数の星が瞬いているが──北天に『双星』はない。

お茶を飲んでいると、白玲《ハクレイ》が口を開いた。

「……あっちの方が」

「ん～？」

視線を銀髪少女へ向けると、顔を伏せている。

小首を傾《かし》げ、続きの言葉を待っていると……静かな問いかけ。

「都《みやこ》の方が楽しかったですか？」

──栄《エイ》帝国首府『臨京《リンケイ》』。

五十余年前。【玄《ゲン》】の大侵攻によって大河北方を喪《うしな》った帝国が定めし臨時の都。

都から見て北西部に位置する敬陽《ケイヨウ》とは大運河で繋《つな》がっており、無数の水路と橋が張り巡らされた大都市だ。人口も軽く百万を超えているらしい。

俺は外の三日月を眺めながら、素直に感想を述べた。

「大陸中から、人と物と銭が集まっているのは確かだったなー。東栄《トウエイ》海から、異国の船も直接入って来るし」

「………答えになっていません」

ムスッとした表情の白玲《ハクレイ》が俺を見た。

茶碗《ちゃわん》を置いて考え込み――わざとらしく手を叩《たた》く。

「ああ！　そうか、白玲《ハクレイ》様は俺に置いて行かれたのを、未だに拗《す》ね――」

「今すぐに死んでください。いえ、私が殺します。覚悟はいいですか？」

極寒の反応。こ、心なしか、銀髪も浮かびあがっているような……。

俺は途端に怯《ひる》み、しどろもどろになる。

「そ、そんなに怒るなよ。張《チョウ》家の跡取り娘がそういう言葉を使うのは……」

「貴方《あなた》に対してだけです。……拗ねてなんかいません。初陣は一緒に、っていう約束を破られたのも全然気にしていませんし、手紙が月一しか来なかったのも、嘘吐《うそつ》き、だなんて思っていません。本当です。…………本当に、拗ねてなんかいませんっ」

白玲《ハクレイ》はそう言うと、頰を少し膨らませ顔を背けた。

……折を見て、と思ってたんだがなぁ。

頰を掻《か》き、部屋の隅に避《よ》けておいた革製の鞄《かばん》から布袋《ぬのぶくろ》を取り出した。

むくれる少女へ手渡す。

「ほい」

「？　……これは？？」

銀髪の美少女は布袋の口紐を解《ほど》き、中から螺鈿《らでん》細工の小箱を取り出した。

各面に精緻極まる花や鳥が彫り込まれている。軽く手を振りながら説明。

「都で流行《はや》っている舶来品の小箱。東の島国の物らしい。髪紐や花飾りの保管用に、な。使わないなら、使わなくて――……」

俺の言葉は尻すぼみになって消えた。

部屋を別々にして以来、冷静さを増したように思う銀髪の美少女は、小箱を子供のように眺めながら、顔を綻ばせている。

「――綺麗《きれい》」

「…………」

不覚にも見惚《みと》れてしまう。……こういう所が敵《かな》わない。

背を向け、照れ隠しに早口で回答する。

「親父殿の命令で行ってはみたが……俺にはこっちの方が合ってるなっ！　科挙に受かる気もしないし。目指せ！　地方勤めの文官だっ‼」

栄《エイ》帝国では、命を張る武官よりも、書類仕事をする文官の権限が圧倒的に強い。

『科挙』と呼ばれる超難関の官僚登用試験に合格すれば、将来は約束されたも同然。

国家中枢で働くなら合格は必須だが……人間業とは思えない程、勉学に励まなくてはならないのだ。そして、俺にそんな才覚はない。

だからこそ――俺は地方文官になって、のんびりと生きるのだ！

小箱を大事そうに布袋へ仕舞い、しっかりと紐を結んだ白玲《ハクレイ》が、くすくすと笑った。

「貴方が地方の文官？　似合っていない、くしゅん」

可愛《かわい》らしいくしゃみ。耳と首筋が赤くなっていく。俺は少女へ手を振る。

「部屋へ戻れよ。明日は、親父殿も前線から戻られるんだろ？」

「……貴方も寝るならそうします」

「もう少し読書を」「なら、私も寝ません」

俺が『煌書』を指差すと、白玲《ハクレイ》は即座に否定し、枕を抱え口元を隠した。

額に手をやり、顔を顰《しか》める。

「お前なぁ……分かった。俺も寝るって」

「よろしい、です」

勝ち誇った顔になった白玲《ハクレイ》は両手でしっかりと布袋を持ち、立ち上がった。

そして、軽やかな足取りで俺の傍《そば》へ。

――花の香り。

あれ？　俺の寝台と同じ匂い、か？

不思議に思いながらも、関係ないことを聞く。

「独りで戻れるよな？」

「子供扱いしないでください。蹴りますよ？」

「もう蹴ってるだろうが⁉」

口よりも早く出て来た少女の足を躱《かわ》し、部屋の外まで見送る。

軽やかな足取りで白玲《ハクレイ》は廊下を歩き始め――すぐに立ち止まった。

「明日」

「ん？」

聞き返し、言葉を待つ。

夜風が吹き銀髪を靡《なび》かせる中、少女は振り向き提案してきた。

「明日、御父様が戻られたら、久しぶりに馬で遠駆けしませんか？　……二人で」

「？　別に良いけど……」「本当⁉」

「うおっ」

いきなり白玲《ハクレイ》が、小さい頃のように俺の胸元へ飛び込んで来た。

――薄手の寝間着故に、柔らかい双丘の感触がしっかりと伝わってくる。

俺の逡巡《しゅんじゅん》に気付かず、御姫様がはしゃぐ。

「ふふふ♪　昼間見せましたよね？　私は馬術もかなり上達しました！　明日は絶対に負けません。競走です」

「……そうか。取り合えず、だ」

「？　どうかしたんですか？？」

不思議そうな顔をしながら、白玲《ハクレイ》は俺を見つめてきた。

……どうして、頭が良いのに気付かないんだよ。

頬を掻きながら、仕方なく状況を説明。

「離れてくれ。い、幾らお前に胸がそんなになくとも……な？」

「…………あ」

見る見る内に少女の白い頬と肌が朱に染まっていく。

殊更ゆっくりと離れ、同じ方の手と足を同時に出しながら廊下へ。

背を向けたまま深呼吸を繰り返し――そのまま口を開いた。

「――……おやすみなさい。明日は寝坊しないでくださいね？」

「ああ、おやすみ。しないしない」

「……ふん」

照れ隠しの呟きを漏らし、少女は去って行った。

気配が完全になくなった後——俺は部屋へと戻り、『煌書《とうしょ》』を手に取ると、寝台へ寝ころんだ。わくわくしながら、書物を開く。

英風《エイフウ》がどうなったかを見届けてやらないとなっ！

＊

「やばいっ！　やばいっ‼　やばいっ!!!」

翌朝。

俺は屋敷《やしき》の廊下を全力で駆けていた。外から、民衆の歓声と馬の嘶《いなな》きが聞こえてくる。

親父《おやじ》殿——栄《エイ》帝国の防衛を一身に背負っている名将、張泰嵐《チョウタイラン》が敬陽《ケイヨウ》に帰還したのだ。

居候《いそうろう》の俺が寝過ごして出迎えないのは、非常にまずい！

「し、しかも、こういう日に限って白玲《ハクレイ》は起こしに来ないし……昨日の仕返しか⁉」

悪態を呟きながらとにかく急ぐ。

親父殿の趣味に合わせ頑丈に作られている廊下を駆け抜け、質素な玄関前に辿《たど》り着くと、軍装の礼厳《ライゲン》がそわそわした様子で待っていた。

「若！　お早く、お早く‼　皆、既に整列しております‼」

「お、おうっ！」

爺《じい》に頷《うなず》き、急いで屋敷の外へ。

すると――正門前で張《チョウ》家に仕えてくれている者達が整列していた。

皆、緊張しつつも高揚が見て取れる。

前線の実情を知らない臨京《リンケイ》にいる連中はともかく、湖洲《コシュウ》に住む者で、【玄《ゲン》】の侵攻を防ぎ続けている親父殿に感謝しない者はいないのだ。

誇らしく思いながら、俺も淡い翠《みどり》を基調とした礼服の白玲《ハクレイ》の隣にそそくさと立つ。

今日は白と蒼《あお》の髪紐《ひも》で銀髪を結い、花飾りも前髪に着けている。

少女はちらりと俺を見て、冷たく一言。

「……遅い」

「お、お前が起こしに来ないからだろ」

「…………はぁ」

「な、なんだよ」

銀髪の美少女の手が伸びてきて、細い指で黒髪を梳《す》いてきた。

張《チョウ》家に仕えている人達はともかく、警護の兵達の視線が集まる。

「お、おい」

「動かないで。……寝癖、みっともないです。枕元に礼服の用意もしておいたのに、普段通りの服を着て来るなんて……」

有無を言わさず、白玲《ハクレイ》は俺の寝癖を直していく。

……起こさなかったのは、まさかこれを人前でする為《ため》に⁉

爺を始め、使用人達の『仲がおよろしくて、大変結構ですね♪』という生温かい視線に耐えていると、屋敷の正門前に黒い馬が止まった。

降り立ったのは、厳《いか》めしい顔と見事な黒髭《くろひげ》、巨軀《きょく》が印象的な偉丈夫。

腰に無骨な剣を提げ、身体《からだ》には傷だらけの鎧《よろい》を身に着けている。

【護国《ごこく》】の異名を持つ、字義通り栄《エイ》帝国の守護神――張　泰嵐《チョウタイラン》だ。

七年前、【玄《ゲン》】の先代皇帝が生涯最後に行った大侵攻を不屈の闘志で凌《しの》ぎきった名将。

白玲《ハクレイ》の実父であり、俺を戦場で拾い、育ててくれた大恩人でもある。

親父殿は従兵に「頼むぞ！」と馬を預け、門を潜《くぐ》り抜けて大股で屋敷内に入って来た。

すぐさま俺達に気付き、名を呼んでくれる。

「おお！　白玲《ハクレイ》！　隻影《セキエイ》！」

少女は俺をようやく解放し、向き直ると優雅な動作で一礼した。

「――父上、御無事の帰還、おめでとう、きゃっ」

最後まで言い終わる前に、親父殿は丸太のような両腕で娘を軽々と抱き上げた。

厳めしい顔を崩し、大声で笑う。

「はっはっはっ！　また少し背が伸びたのではないか？　小さい頃のお前は食も細く、亡《な》き妻と一緒に夜な夜な心配したものだったが……。うむうむ！　上々上々。やはり、隻影《セキエイ》が帰って来たからか！」

「ち、父上。み、皆が見ていますっ！」

堪《たま》らず、白玲《ハクレイ》が抗議した。

親父殿は愛娘《まなむすめ》を地面に降ろし、手を頭に置いて謝罪。

「うむ？　おっと、すまんすまん。どうにも癖でな。許せ！」

「…………」

白玲《ハクレイ》は恥ずかしそうにしながら黙り込み、すぐ俺を睨《にら》んできた。助けなかったのが不満らしい。爺にも視線で促されたので、口を挟む。

「親父殿、前線よりの帰還おめでとうございます」

「うむ！　臨京《リンケイ》と義姉上《あね》はどうであった？」

愛娘を解放した名将は髭をしごきながら、簡潔に尋ねてきた。

白玲《ハクレイ》が俺の後ろに回り込み「……遅い」と囁《ささや》いてくる。後が怖い。

「伯母殿にはしごかれました。都市も栄えてはいましたね。……ただ」

「ただ？」

当代随一の名将の視線が俺を貫く。

――その何でも見通す瞳は、煌《トウ》帝国初代皇帝に少しだけ似ている。

「いえ。どうやら、俺には敬陽《ケイヨウ》の方が性に合っているようです」

親父殿はそれを聞いて破顔。

近づいて来て、俺の肩を大きな手で何度も叩《たた》いた。

「はっはっはっ！　そうか、そうかっ‼　明日以降は混み合った話を諸将とせねばならん。その前に土産話を聞かせてくれ。――礼厳《ライゲン》、息災か？」

「はっ！　殿。御無事の御帰還、何よりでございます」

「なに、城に籠って睨み合っていただけよ。玄《ゲン》の皇帝は恐ろしく慎重で有能な男だ。七年前、先代皇帝が急死した折、全軍を指揮し追撃する我等を、見事な指揮で押し留《とど》めてみせた。あの時が十五。しかも、初陣《ういじん》であったという。この七年で更に成長しておろう。――

どうにか、都から増援を引き出さねばなるまい」

俺達から離れ、親父殿は爺《じい》や皆と言葉を交わしていく。

どうにかこれで――白玲《ハクレイ》に裾が引っぱられた。

長い付き合いなので理解する。『昨日の遠駆けの話！』。……約束だしな。

皆からの歓迎を受けている名将の大きな背に声をかける。

「あ～――……親父殿。お願いがあるのですが」

すると英雄は即座に振り返った。

「？　どうした？？　何か――……はっ！　もしや、お前も白玲《ハクレイ》と同じようにしてほしかったのか⁉　……すまぬ。儂《わし》としたことが気付かなんだ。許せ！　さぁ、この父の胸に飛び込んで――」

「違います。違います。何処《どこ》ぞのお姫様と違って、そういう趣味は持ってない、っ！」

「…………」

慌てて否定すると、白玲《ハクレイ》に左手の甲をつねられた。

美少女へ抗議の視線を向けつつ、提案する。

「落ち着かれた後で構わないので、遠駆けに行きませんか？　昔みたいに三人で」

名将は目を大きくし、驚いた様子を見せ――次いで破顔。

「良かろうっ！　この張泰嵐《チョウタイラン》‼　少々歳《とし》を喰《く》ったとはいえ、未《ま》だ未だ子等には負けぬ。遅れず、着いて来い！」

＊

白玲《ハクレイ》と親父殿の馬に俺が追いついたのは、敬陽《ケイヨウ》北方の名も無き丘だった。

「隻影《セキエイ》！　こっちだ」

親父殿が鍛え上げられた左腕を振って来たので頷き、馬を労《いた》わりながら走らせる。

見事な白馬に乗っている白玲《ハクレイ》の横に止めると、不満そうに一言。

「……遅い。体調でも悪いんですか？」

「目一杯だって」

肩を竦《すく》めながら応じ、俺は目を細めた。

護衛の騎兵達が着いて来ているのは言わない方がいいだろう。

遥《はる》か前方に灰色の城砦線《じょうさいせん》が見える。

——あそこが栄《エイ》帝国の北限。

高所に登れば【玄《ゲン》】だけでなく、敬陽《ケイヨウ》から見て北西に位置する交易国家【西冬《セイトウ》】も望めるらしい。我が国にとっては百年来の友邦だ。

親父殿が馬を撫《な》でながら、愛娘を褒《ほ》め称《たた》える。

「白玲《ハクレイ》、見事だ！　ははは。よもや娘に負けようとは」

「鍛えていますので。手紙で御報《しら》せした野盗討伐の件、これで御納得いただけますね？」

「うむ。今宵《こよい》、礼厳《ライゲン》と話をして決めるとしよう。お前も十六。そろそろ初陣を、と思ってはいたのだ」

「⁉　初陣で野盗退治って……なら、俺も」

「問題ありません。貴方《あなた》の手も借りません」

口調と視線で察する。説得は無理そうだ。

……でもなぁ、まだ少し早いと思う。

俺がもやもやしていると、親父殿は視線を遥か北方の空へ向けた。

「今より五十余年前——我等の祖父母、父母は【玄《ゲン》】の雲霞《うんか》の如《ごと》き大騎兵軍団に敗れ、北方を喪《うしな》った。以来、大河南岸に城砦線を築き、奴等《やつ》を防ぎ続けているが……それだけでは足りぬ。何《いず》れ、機を見て北伐《ほくばつ》を敢行せねばならぬ」

『北伐』——喪われた大河以北奪還は栄《エイ》帝国の悲願だ。

けど、一度都で暮らしたからこそ分かる。

最前線で戦い続ける将兵や、実際に敵国の脅威に曝《さら》されている湖洲《コシュウ》の民と、都で繁栄を謳歌《おうか》する者達の間には大きな意識の乖離《かいり》がある。

——まるで、かつての煌《トウ》帝国のように。

白玲《ハクレイ》が静かに問うた。

「父上、前線の諸将はどのようにお考えなのでしょうか？」

「儂と同意見よ。だが……資金も物資も、兵も我等だけでは到底足りぬ。最後は皇帝陛下の御決断次第となろう。宮中の意見も、『北伐派』と『維持派』に割れているようだ」

……割れているだけなら良いんだが。

問題は『戦いを一切望まない。その為ならば、屈辱的な講和でも構わない』という連中の数が少なくないことだ。親父《おやじ》殿が、厳めしい顔を更に険しくされている。

「帝位を戦場で継いだ【玄《ゲン》】の皇帝アダイは、我等と大河で対峙《たいじ》する一方で、大陸の遥か北方に広がる大草原の諸部族を自ら討ち不敗。領土を大きく広げた。また、天下統一に執着しているとも聞く。我等の隙をつき、必ずや侵攻して来よう」

都でその名前は何度も聞いた。

『言うことを聞かないと、白鬼《しろおに》アダイが来るよっ！』

親が子供達への脅し文句に使う程、異国の皇帝は恐れられているのだ。

親父殿が戦意を漲《みなぎ》らせ、咆哮《ほうこう》。

「だが――我等の築き上げた城砦群もまた鉄壁！　当面の間、戦線は動くまい」

「アダイはそうでも、指揮下の将が動くのでは？　『四狼《よんろう》』なる猛将達が各地で猛威を振るっていると聞いています。【西冬《セイトウ》】も警戒していると……」

俺は思わず口を挟むも、横顔を凝視してきた白玲《ハクレイ》に気付き、口籠った。

親父殿が髭をしごきながら、鞘《さや》を叩く。

「ほぉ……隻影《セキエイ》、詳しいではないか。やはり武官向きだな！」

「み、都で少しばかり耳にしただけですって」

「はっはっはっ。何時転向しても構わぬぞ？　――奴の配下に四人の猛将がおるのは事実だ。内、儂が戦場で直接干戈《かんか》を交えたは『赤狼《せきろう》』のグエン・ギュイ。戟《げき》の鋭さは我が眼《め》に焼き付いている、果敢な突撃を繰り返してくる厄介な相手であった」

「……っ」

白玲《ハクレイ》が唇を噛《か》み締めた。

軍を軽視し、慢性的な兵数不足に喘《あえ》いでいる栄《エイ》帝国と違い、玄《ゲン》帝国の軍は強大だ。『四狼』の一将配下の部隊ですら、『張家軍《ちょうけぐん》』の全兵力に匹敵しかねない。

親父殿が馬首を返した。

「だが、グエンはアダイの逆鱗《げきりん》に触れたと聞く。既に奴等の故地である【燕《エン》】――北の大草原へ去ったようだ。心配はいらぬ」

俺もその話を、都の明鈴《メイリン》から聞いた。

だが……玄《ゲン》国内において神聖視すら受けていると聞くアダイという男は、それ程狭量《きょうりょう》なのだろうか？　ふと後方を振り返ると、護衛の騎兵が遠目に見えた。

親父殿も気付かれたのだろう、俺達へ指示される。

「陽が落ちる前に戻るとしよう。白玲《ハクレイ》、盗賊討伐の件は許可する。ただし、焦《あせ》るな！　数日かけて部隊を編成し、隻影《セキエイ》を連れて――」

「やっ！」

だが、白玲《ハクレイ》は親父殿に答えず手綱を引き、馬を走らせた。

銀髪を靡《なび》かせながら、あっという間に小さくなっていく。

珍しく溜《た》め息を吐《つ》き、親父殿が苦笑。

「困ったものだ。ああいう頑《かたく》なな所はあれの母そっくりだが……義姉上の提言で、お前だけを都に行かせたのがまずかったかもしれぬ。よもや、新進気鋭の大商人である王《オウ》家の愛娘をお前が海賊から救い、初陣を果たしてしまうとは……。『遅れまい、遅れまい』と気が急《せ》いているのだろう。白玲《ハクレイ》はお前に置いていかれるのを病的に恐れておる」

「……そんなことは」

「ある。儂とてその手の経験は重ねておるのだぞ？」

大恩人の重い言葉に俺は何も言えなくなる。

……一応、盗賊退治の時は助けられるようにしておかないとな。

俺の沈黙をどう受け取ったのか、親父殿はニヤリ、と笑われた。

「まぁ良い。とにかく戻ろうぞっ！　都の土産話、楽しみにしておるのだ」

＊

「では、行って来る。白玲《ハクレイ》、野盗討伐の件、確かに許した。許したが……」

「大丈夫です。無茶は致しません。何処かの自称文官志望さんとは違うので」

三人での遠駆けから数日後。早朝の張《チョウ》家屋敷《やしき》前。

礼服に身を包み、諸将との会談へ向かう親父殿が馬の上から、何度目になるか分からない注意を軍装の愛娘《まなむすめ》に告げている。

昨日の晩、俺も遠回しに説得したのだが……決意は変えられず。

過保護なのかもしれないが、不安だ。

一見冷静に見える白玲《ハクレイ》の中に、熱い張《チョウ》家の血が流れているのを、俺は知っている。

親父殿も物憂《ものう》げな様子で俺を見た。

「……隻影《セキエイ》、何かあらば」

「すぐに御報せします」

「頼む」

重々しく頷《うなず》かれ、親父殿は出立された。後には最精鋭の護衛が続いていく。

その隊列を見送ると、白玲《ハクレイ》はすぐさま踵《きびす》を返した。

屋敷内に入るなり、淡々とした口調で告げてくる。

「私もすぐに出ます。夕刻までには終わるでしょう」

「──雪姫《ユキヒメ》」

俺は咄嗟《とっさ》に幼名を呼んでしまった。少女の足が止まり、視線が交錯。

蒼《あお》の双眸《そうぼう》には強固な意志が見て取れた。

「何を言っても無駄です。張《チョウ》家の娘として、民に仇《あだ》なす者を許してはおけません。着いて来ないでくださいね？　……自分が先に初陣を終えたからって、子供扱いしないで」

そう言い放ち、白玲《ハクレイ》は馬屋へと向かって行く。

俺は額を押さえ、入れ替わりでやって来た礼厳《ライゲン》に確認する。

「……爺《じい》、抜かりはないな？」

「護衛は精鋭騎兵が百程。野盗の数は事前偵察によれば精々二十足らず。若の御指示通り、万が一の為《ため》、後詰も控えさせております。御心配なされませぬよう」

「そうだな……そうだよな」

俺は雲一つない、蒼穹《そうきゅう》を見上げた。天候も崩れまい。

出来る限りの手は打ったし、白玲《ハクレイ》自身の技量にも不足はなし。

きっと何事もなく初陣《ういじん》を済ませ、今晩は散々話をしに来るさ――

張白玲《チョウハクレイ》は、都に行った幼馴染《おさななじみ》からの手紙が減るだけで拗《す》ねてしまうくらい、寂しがり屋なのだから。

異変が起きたのは、昼飯を食べ終えた直後だった。

外庭で史書を読んでいると、まず聞こえて来たのは『バキっ！』という、敷地《しきち》内で木材が折れる音。その直後、

「あ、危ないっ！」「と、捕らえろっ！」「あれは、白玲《ハクレイ》様の？」

使用人達の悲鳴が響き渡った。

書物を机に置き、立ち上がった直後――

「わっ！」

俺目掛けて駆けて来たのは、美しい白馬だった。酷《ひど》く興奮した様子だ。

「お前……白玲《ハクレイ》の『月影《げつえい》』？　あいつ、乗っていかなかったのか？　っと」

白馬は何を訴えるように俺を見つめ、袖を噛んできた。尋常な様子じゃない。

まさか、あいつの身に何か――どたどた、と走る音がし、顔面蒼白《そうはく》の礼厳《ライゲン》と左腕に血染めの布を巻いている男性兵士が姿を現した。先日、演習場では審判役だった青年隊長だ。

俺の顔を見るなり、爺が叫ぶ。

「若っ！　白玲《ハクレイ》様が……白玲《ハクレイ》様がっ‼」

「――礼厳《ライゲン》、落ち着け」

「っ！」

静かに命じると、爺と兵士は息を呑《の》んだ。

その間に布を取って白馬の首筋を拭き、問う。

「何があった？」

「若へ手短に報告せよ」

「は、はい」

青年隊長は身体《からだ》を震わせ、焦った様子で話し始めた。

「……なるほど。目的の廃砦《とりで》に着くまでは順調。すぐさま突入したところ、賊が全て殺されていた。その直後、丘の陰に潜んでいた騎兵約二百に包囲され、馬の大半を倒された。そこで、お前を含め数名が増援を呼ぶ為、脱出して来た、と。合ってるか？」

「……はっ。申し訳ありませんっ」

叱責と勘違いしたのか、青年隊長が頭を地面に押し付ける。

張《チョウ》家の本拠地である敬陽《ケイヨウ》近くに、謎の騎兵が二百——ただの賊じゃなさそうだ。

俺は膝を曲げ、泣いている青年隊長の肩を叩《たた》いた。

「よく報《しら》せてくれた。——爺、相手は間違いなく野盗の類じゃない。このままじゃ、あいつも兵達もヤバい」

「はっ！　で、ですが、その連中は……」

「詳しいことは全部後だ。準備させておいた後詰の指揮を頼む。俺は先行する」

万が一に備え椅子に立てかけておいた剣を手にする。

銘はないが、頑丈な造りだ。今の俺の体格じゃ、双剣で馬上戦闘はまだ難しい。

俺達が話している間に鞍《くら》の用意された白馬に跨《また》ると、歴戦の礼厳《ライゲン》が顔を歪《ゆが》めた。

「大丈夫だ。文官仕事よりは、荒事の方が慣れてる。──あとな」

「若！」

俺は手短に策を伝達。

「隻影《セキエイ》様！　弓と矢筒です！」

白玲《ハクレイ》付きの若い女官──肩までの鳶《とび》茶髪で細身な朝霞《アサカ》が、弓と矢筒を届けてくれたので受け取る。

野盗退治に俺と共に反対した結果、討伐隊には加われなかったのだが、本人も軽鎧《けいがい》を身に着け、腰には無骨な剣。張《チョウ》家に仕える者達は、緊急時には男女関係なく戦場へ出る。

騒然とする屋敷の中で、老将は俺を見つめ──胸を叩いた。

「万事畏《かしこ》まって候。この老人にお任せあれ！」

「頼んだ。親父《おやじ》殿にもすぐ早馬を。庭破《ティハ》は爺達の道案内を頼む」

「！　わ、私の名を……？」

状況についていけず、呆然《ぼうぜん》としていた青年隊長が目を見開く。

俺は苦笑し、片目を瞑《つぶ》った。

「身内の名前くらいは全員覚えるようにしている。爺の遠縁なら猶更だ。頼む！」

「は、はっ！」

「良しっ！　――皆、心配するなっ！　白玲《ハクレイ》は俺が必ず救ってみせるっ‼　屋敷に残る者は湯と飯、それと治療の準備をしておいてくれ」

『！　はいっ‼』

様子を窺《うかが》っていた使用人達が、弾《はじ》かれたように駆け出していく。

白馬の首筋を撫《な》で「力を貸してくれ」と話しかけると、甲高く嘶《いなな》いた。

庭から屋敷前の通りへ。

「若っ！」

礼厳《ライゲン》の声が背中に届いた。

振り向くと、白髪を振り乱し必死な形相で訴えてくる。

「くれぐれも……くれぐれも御身を大切にっ！　貴方《あなた》様の身に何かあらば……」

「大丈夫だ。俺は死ぬなら、寝台の上って決めている」

「隻影《セキエイ》様っ！」

振り向かないまま左手を挙げ、足で白馬に指示を出すと、即座に疾走を開始した。

通りを歩いている住民が、慌てて逃げていくのを見ながら俺は独白する。

「困った姫さんめっ。お前が死んだら、誰が俺と夜話をするんだよっ！」

＊

「ぐっ！」

敬陽《ケイヨウ》西方に広がる大草原。その小高い丘にある廃砦。

私――張白玲《チョウハクレイ》が石壁に隠れながら放った矢は、不用意に接近しようとして来た敵騎兵の腕を貫き怯《ひる》ませた。

「手前《てめえ》らっ！　白玲《ハクレイ》様だけに撃たせてんじゃねぇっ‼　気張れっ‼」

『応っ！』

古参兵が野太い声で兵士達を叱咤《しった》すると、次々と矢が放たれる。

だが、前へ出た革製の盾を持つ別の騎兵に阻《はば》まれ、一騎も倒せない。

それどころか、私が先程怯ませた騎兵ですら落馬せず、後方へ自力で下がっていく。

信じられない練度だ。

「やっぱり……ただの野盗じゃない？　まさか、【玄《ゲン》】の斥候？」

強い恐怖を覚え、歯がガチガチと鳴りそうになる。

左手に持つ弓が震えるのを、右手で抑え込む。必死に防戦してくれている兵達に悟られるのは駄目だ。士気に関わる。

だけど……多少ながらも高所を取り、石壁に守られているとはいえ、このままじゃ。

血の味がするくらい唇を噛《か》み締め、自分自身を叱咤。

情けないっ。怖がっている場合じゃないでしょう、白玲《ハクレイ》‼

貴女《あなた》は張泰嵐《チョウタイラン》の娘で――……脳裏に飄々《ひょうひょう》とした隻影《セキエイ》の顔が浮かんできて、泣きそうになってしまう。

私、独りだとこんなに………。

衝撃を受けていると、周囲で必死に矢を放ち、騎兵を近づかせないようにしている兵士達が決死の形相で訴えてきた。皆、負傷している。

「白玲様《ハクレイ》」「我等が血路を切り開きます」「どうかっ、脱出をっ！」「貴女様をこんな所で死なせたら、張《チョウ》将軍と若に合わせる顔がありませぬっ！」「お逃げくださいっ！」

――軽鎧の下の胸に、抉《えぐ》られるような鋭い痛みが走る。

廃砦の周囲は草原が広がり、見晴らしは良かった。

けれど、同時に起伏もあり……丘の陰から数に勝る謎の軍勢に奇襲を許し、包囲されたのは指揮官である私の失態なのだ。

その結果、無数の矢を浴びせられ馬の大半を損失。

生き残った数騎に救援を託す他なかった。……何騎が敬陽《ケイヨウ》に辿《たど》り着けたか。

そして今、私の稚拙な判断は百を超える味方を殺そうとしている。

歯を食い縛り、先程よりも確実に近づいている敵騎兵へ矢を放ち、礼を言う。

「ありがとう。——でも」

続けざまに矢を放ち、第一射を躱《かわ》した騎兵の腿《もも》を射貫き、今度こそ落馬に追い込む。

「徒歩では逃げきれないでしょう。あいつ等は明らかに私達の全滅を狙っています。……私の失態です。本当にごめんなさい」

『…………』

周囲の兵士達は息を呑み、手に持つ弓や槍《やり》を震わせた。

私達の持つ矢は残り僅かだ。

「けどっ！」

敵が放って来た矢が石壁に弾かれる音を聞きながら、決意を告げる。

「私は張泰嵐《チョウタイラン》の娘です。嬲《なぶ》られるくらいなら死を選びます。貴方達にはそうなる際、刻《とき》を稼いでほしいんです。あと——」

敵戦列の中央部にいる赤髪赤髭《ひげ》の男が、深紅の紐《ひも》が結ばれている槍を掲げた。

騎兵達が半弧型の剣を抜き放つ。突撃して来るつもりなのだ。

「私の肌に触れていい男の子は、肉親以外ではこの国で独りしかいないんです。……秘密にしておいてくださいね？」

『っ！』

目を見開き、兵士達は絶句。

その後――笑いが広がっていく。

「そいつは……」「ますます死なせるわけにはいきませんなっ！」「まったくもってっ！」

「あの人にも恨まれそうです」「若も罪作りな！」士気を少しは回復出来たみたい。

くすり、と笑い、指示を出す。

「来るようです。矢が尽きた者は白兵戦の用意を！」

『はっ！』

槍を構え、剣を抜き放ち、負傷した者ですら短剣を手にする。

直後、敵指揮官が凄《すさ》まじい大声を発した。

「皆殺しにせよ」

『殺！　殺!!　殺!!!』

敵騎兵の群れが駆け出し、後衛は無数の矢を放ちながら襲い掛かってくる。

私も咄嗟《とっさ》に命令。

「敵を倒そうと思わないでっ！　負傷させて後退させれば、それだけ攻め手が――」

「白玲《ハクレイ》様っ！　敵がっ‼」

眼前で、まるで生きているかのように騎兵の群れが幾つかの群れに分かれていく。

こちらの放った矢も散らばり、効果が減少。一気に距離を稼がれてしまう。

「くっ！」

私自身も廃砦のすぐ傍《そば》まで近づいて来た騎兵へ矢を放つ。

けれど――盾で防がれ、遂《つい》に侵入を許してしまった。

「**殺っ！**」

石壁を跳び越え、振り下ろして来た曲剣を弓で受け止めるも、断ち切られ、転がりながら剣を抜く。

二騎、三騎、四騎――辛《かろ》うじて、攻撃を凌《しの》いでいくも、

「きゃっ」

五騎目に突き出された槍で剣を弾かれてしまった。

周囲では兵士達が必死に戦っている。

『**白玲《ハクレイ》様っ！！！！**』

私を助けようと振るわれる剣は悉《ことごと》く防がれてしまう。

自分の優位を確信し、敵騎兵は顔に野卑な愉悦を浮かべた。

肌はやや浅黒く、髪の色も濃い。

明らかに……我が国の者ではない。

私は涙を堪《こら》えながら短剣の柄《つか》を掴《つか》み、小さく小さく名前を呼んだ。


「――……隻影《セキエイ》」

騎兵は槍を突きつけながら、何事かを私へ告げようとし、

「がふっ⁉」

「…………え？」


首元を矢で射貫かれて、馬から転げ落ち絶命した。

状況を理解出来ずにいると、廃砦《とりで》の外から次々と矢が飛んできて、勝ち誇っていた敵騎兵の額を、首を、心臓を容赦なく射貫き、倒していく。

な、何が……いきなり、私の近くの壁に矢が突き刺さった。

よろよろ、と近づくと紙が巻き付けてある。

――ドクン。

心臓が高鳴った。

急いで中身を確認すると、そこにあったのは誰よりも、父よりも知っている字。

『爺《じい》と朝霞《アサカ》が救援を連れて来る。それまで粘れ。今晩説教！』

心に勇気が湧き出してくる。……バカ。

私は転がっていた槍を拾い上げ、兵士達を鼓舞する。

「みんな、頑張ってっ！　すぐに救援が――礼厳《ライゲン》達が来てくれますっ‼」

『おおおおっ！！！！！』

私同様、状況に惑っていた兵達が歓喜に湧き、残る敵騎兵を追い返していく。

――いける。これなら、まだ！

戦意を滾《たぎ》らせていると、戦場全体に凄まじい名乗りが轟《とどろ》いた。

「聞けっ！　そこの賊徒共っ‼　我が名は張隻影《チョウセキエイ》っ!!!　【護国《ごこく》】張泰嵐《チョウタイラン》が息子なりっ！！！！　我が首――取れるものなら、取ってみよっ！！！！！」

『っ⁉』

廃砦《とりで》内の兵士達は顔を見合わせ驚愕《きょうがく》し、声のした方へ次々と目線を向けた。

敵騎兵の背後の丘で、黒髪の少年が白馬を駆り、弓を掲げている。

状況は未《いま》だに危機的。なのに、心中で安堵《あんど》が広がっていくのを止められない。

勿論《もちろん》──名乗りをあげて、自分の命を簡単に囮《おとり》とすることへの躊躇《ちゅうちょ》のなさ。それへの強い憤《いきどお》りもあるけれど、溢《あふ》れてしまいそうになるくらいの圧倒的な喜びに負けてしまう。

きっと、強情な私を心配して、すぐ助けに来られるよう準備してくれていたのだ。

あいつは、隻影《セキエイ》は何時だって私を──白馬が動き出すと同時に、敵情を偵察していた若い女性兵が叫んだ。

「敵軍の約半数！　隻影《セキエイ》様を追う模様っ‼」

「っ！」

私は拳を強く握り締めた。

──バカ。バカ隻影《セキエイ》っ！　帰ったら、言いたいことがたくさんあるんだからっ‼

両頰を叩《たた》き、兵士達へ指示を飛ばす。

「皆、武器を！　救援が来るまで、私達も生き残りますよっ‼」

＊

廃砦を囲んでいた騎兵の約半数を引き付けた俺は、白馬を駆けに駆けさせていた。
後方からは、明らかに熟練した様子の騎兵の群れ。
持っている剣や槍は異国の物に見えるが……詳細は分からず。
数は約百。まともにやり合いたくはない。
——が。
「幼馴染《おさななじみ》兼命の恩人の一人も救えないんじゃ、男でいる意味もない、か」
独白しながら、矢を三本取って振り返り、
『!?』
先頭を駆けていた三騎の肩を射貫き、落馬を強いる。
ぼんやりと浮かぶ『皇英峰《コウエイホウ》』の弓術に比べればまだまだ拙いが——十分！
速射し、落伍《らくご》者を増やすことに注力する。
白馬はその間も見事な脚を見せ、敵騎兵との距離を保ち続けていると、
「お？」

敵が隊列を崩し、各個に突撃を開始した。

個々の技量を信じての臨機応変な戦術判断。敵の指揮官はかなりの猛者《もさ》らしい。

だが、要は接近してくる奴《やつ》から――

「……尽きたか」

あれだけあった矢が空になってしまっている。

先頭を突き進む赤髭の敵将が赤布の巻かれている槍で俺を指し示した。

「奴は矢が尽きたぞっ！　殺せっ‼」

「諾っ！！！！」

敵騎兵が剣を構え、速度を上げた。

白馬も疲労が溜《た》まってきているのだろう。距離が縮まってくる。

俺は即断し、弓と矢筒を投げ捨て方向転換。

腰から剣を抜き放ち、先頭を走る二騎へ向けて突進した。

「殺っ！」

勝利を確信した男達の顔に残酷な笑み。

曲剣の白刃《はくじん》が俺を切り裂かんと煌《きら》めき――

『！？！！』

擦れ違い様に剣で革鎧《かわよろい》ごと胴を叩き斬る！
血しぶきが舞う中、敵騎兵達は何が起きたのか理解出来ないまま、絶命した。
『！』
突進して来た敵軍の勢いが鈍る中、俺は白馬を操り、敵将と視線を合わせる。
狼《おおかみ》のように鋭い眼光。肌が粟立《あわだ》つ。
――……こいつ、恐ろしく強い！
敵将の傍にいた老騎兵が話しかけた。小声で聴こえなかったが唇を読む。
『グエン様――』
！　まさか……【玄《ゲン》】の『赤狼《せきろう》』っ⁉　四人の猛将の一人かっ！
大河と親父《おやじ》殿達が築き上げた要塞線を、どうやって突破しやがったんだ？
いや、それよりも、どうしてこいつ等がこんな所にいる？
驚愕を表に出さないよう注意しながら俺は剣を構え直し、白馬を止めた。
「悪いな。さっきのは嘘《うそ》だ」
「……何だと？」
敵将は訝《いぶか》し気に俺を見た。
残存敵騎兵数は約五十。

対して此方《こちら》の剣の限界が近い。

……前世でもそうだった。俺の力に耐えられる剣はそう多くはない。片目を瞑《つぶ》り、肩を竦《すく》める。

「俺の名前はただの隻影《セキエイ》。張《チョウ》家の人間じゃない。張将軍に散々痛めつけられてきたあんた達なら――玄《ゲン》帝国の騎兵なら引っかかってくれると思ったんだ」

「………………」

敵将が黙り込む。……当たりのようだ。

俺は素直に質問する。

「なぁ……どうやって大河を渡ったんだ？　張将軍が築き上げた警戒網は完璧だ。数名ならいざ知らず、百単位を見逃すことはない。騎兵なら猶更だ。ああ、正面からじゃないってことは分かってる。教えてくれよ、『赤狼』のグエン殿？」

「――今度こそ殺せ」『**諾！！！！**』

敵将の短い指示を受け、敵前列はすぐさま反応を示し、突っ込んで来た。

その数、五騎。俺もすぐさま白馬を加速させ、

「よっと」

先頭の槍《やり》騎兵の刺突を弾き、剣でそのまま胴を薙《な》いだ。

剣が軋《きし》むのを感じながら、槍を奪い取り、横合いから仕掛けようとした弓騎兵へ投擲《とうてき》。

「ほらよっ！」

「っ⁉」

槍が革製の鎧《よろい》を軽々貫通したのを見やりつつ、突進して来た剣騎兵と剣を交わす。

――金属音が鳴り響く中、一気に押し切り、剣ごと両断。

残る二騎は左右から襲ってくるも、

「～～っ⁉」

機先を制し、右、左へそれぞれ一撃。馬上から敵兵が転げ落ち、動かなくなる。

「死ねぃっ！！！！」「誰が死ぬかよっ！」

五騎の後に突進して来た敵将と擦れ違い様に、数度刃を交わす。

一撃を受ける度、手が痺《しび》れる。こいつ……想像以上に強いっ！

「やるなっ！　若き虎よっ‼」

図らずも一騎打ちの形になり、馬を反転させながら赤髭《ひげ》の敵将が叫んだ！

俺は白馬を返しながら、揶揄《やゆ》する。

「そういうあんたは思ったよりも大したことないんだな！」

「言ってくれるっ！　貴様の首を取り、先程の小娘に突き付けてくれようっ！　その後で、嬲《なぶ》ってくれるわっ‼」

「させるわけねぇだろうが！」

お互い、馬を駆けさせ――剣と槍とがぶつかり合い、閃光《せんこう》が舞い散った。

首を狙ってきた相手の突きを剣で弾くと、嫌な感覚。

剣身が半ばから折れ、視界を掠《かす》め、宙に舞い上がった。敵将の口が嗜虐《しぎゃく》を示し、歪《ゆが》む。

瞬間――身体《からだ》が無意識に動いた。

折れた剣で槍の柄を力任せに叩き斬り、腰の短剣で首筋を狙い突き出す。

「なっ！？！！」

猛将は身体をよじって攻撃を躱《かわ》し、馬を走らせ距離を取った。

――血が飛び散り、俺の軍装を濡《ぬ》らす。

部下達に囲まれた敵将が左頰に触れた。そこには――深い傷。

目を見開いている猛将へニヤリ。

「悪いな。俺は弓より――」「う、撃てっ！」

グエンの傍《そば》にいた老兵が命令すると、敵騎兵が矢を放ってきた。

半ばから折れた剣と短剣で、放たれた十数本の矢を払いのけ、

「剣を使う方が強いんだよ！」

不敵に笑う。敵兵の瞳に恐怖が浮かび、老騎兵が悲鳴をあげた。

「北方に住まう狼の子孫たる我等を、単騎で圧倒する人馬一体の武勇……まる
で、古《いにしえ》の【皇不敗《コウふはい》】ではないかっ⁉」

――風が新しい土の匂いを運んで来た。調子に乗って脅《おど》かす。

「フフフ……ばれちまったみたいだなぁ。そうさ。俺は煌《トウ》帝国が大将軍、皇英峰《コウエイホウ》の生まれ
変わり。死にたい奴からかかって来るがいい！」

『～～～っ！』

敵騎兵達がはっきりと動揺を示し、馬達も激しく嘶《いなな》く。

……これ以上戦えば、俺は死ぬだろう。

左頰から血を流す敵将が槍を高く掲げた。赤い布が風に靡《なび》く。

「――鎮《しず》まれ。彼《か》の英雄は千年以上前に死んでいる」

良い将だ。立ち直るのも早い。俺は舌を見せ、笑う。

「バレたか。……だが」

折れた剣で、敵部隊の後方の丘を指し示す。

敵軍に今日最大の動揺が走った。

「賭けは俺の勝ちだ」

――『張《チョウ》』。

金糸に縁どられた軍旗がはためき、騎兵が整列していた。凄《すさ》まじい土埃《つちぼこり》が舞っている。

俺はここぞ、とばかりに脅す。

「ほらほら？　怖い怖い張泰嵐《チョウタイラン》がやって来たぞ？　とっとと、自分達の国へ帰らないと、皆殺しにされちまう。死んだら貴重な情報は持ち帰れない。さ……どうする？？」

「………………」

グエンは無表情のまま、馬に踵《きびす》を返させた。

戦場全体に角笛が響き渡り、騎兵達は見事な練度で北西へ撤退していく。

……何とかなった、か。

全身の力が抜けていくのを感じながらも、油断せずにいると、自ら殿《しんがり》を務めていた敵将が丘の上で振り返った。

「**張隻影《チョウセキエイ》っ！！！！**」

俺も他人のことは言えないが、とんでもない大声だ。獣の咆哮《ほうこう》に近い。

深紅の紐《ひも》が結ばれている槍を突き出した。

「その名——忘れぬっ！　次は我が戟《げき》でその首貰《もら》い受けんっ！！！！」

そう一方的に告げ、男の姿は丘の陰へと消えた。奴《やつ》も本気じゃなかったようだ。

「……二度と御免だってのっ」

折れた右手の剣に目をやり、顔を顰《しか》める。無銘とはいえ相当な業物だった。

【天剣《てんけん》】とは言わないものの、折れない剣探しを、都の明鈴《メイリン》に頼む必要があるかもしれない。ああ、奴等の使っていた武器も確認しておかないと。【西冬《セイトウ》】の物だとしたら……。

そんなことを思いながら、白馬の首を撫《な》で「ありがとうな」と礼を言っていると、味方騎兵が猛然と近づいて来た。数は精々五十騎、といったところだ。

先頭は——

「若っ！」

「爺《じい》、絶好の良い機だった。お前等もありがとう」

『はっ！』

味方の騎兵は後ろに枝を引き摺《ず》っていた。先程の砂煙の正体はこいつだったのだ。

稚拙な策だが……親父殿の名声に感謝だな。

恥ずかしさを紛らわすように、爺達へ命じる。

「俺達も白玲《ハクレイ》達の所へ合流するぞ。間に合えば――武勲の稼ぎ時だ」

廃砦《とりで》に到着すると、既に戦闘は終結していた。

白馬を何故《なぜ》だか俺へ尊敬の視線を向けて来る庭破《テイハ》へと託し、奥へ。

すると――長い銀髪の少女が石に腰かけ、俯《うつむ》いていた。少し離れた場所では、朝霞《アサカ》がオロオロしている。軽鎧《けいがい》が血で汚れているので、かなりの数を倒したようだ。

俺は女官へ目配せして下がらせると、努めて普段通りの口調で白玲《ハクレイ》に話しかけた。

「よっ。怪我《けが》はないか？」

「……ありません。みんなが――……守ってくれたので」

「そっか」

周囲には死体こそ転がっていないものの、壁や地面には血痕がこびりついている。

初陣《ういじん》がこんな激戦じゃ、落ち込むのも当然だ。

俺は片膝をつき、少女の固く握り締められた手を握り、名を呼んだ。

「白玲《ハクレイ》」

顔を上げた蒼《あお》の双眸《そうぼう》には涙の痕。

あれだけの激戦だったにも拘《かか》わらず、戦死者は数名に留《とど》まった。

成し遂げたのは兵達の奮戦。そして——この少女の力。

こいつには武の才がある。指揮官としての才も。

——……だけど、少し優し過ぎる。

「暗い顔をしてたら、兵達が気を病んじまうぞ？　お前はよくやったよ」

途端、見る見る内に大粒の涙が溜《た》まっていく。

そして、俺の胸に両拳を叩《たた》きつけてきた。

「でもっ！　……でも、だったら、私はこの気持ちをどうすれば………どうすれば、いいんですかっ！」

「……お前は本当に変な所で阿呆《あほう》だなぁ」

「………何ですって」

涙を拭いながら、俺を睨《にら》んでくる。

俺は懐《ふところ》から白布を取り出して少女の目元を拭ってやり、片目を瞑った。

「その為《ため》に俺がいるんだろ？　違うか？」

白玲《ハクレイ》は大きな瞳を瞬《しばたた》かせ、

「……はぁ。貴方《あなた》って本当に……」

白布で顔を覆い、空を見上げた。陽は傾き、夜の足音が聞こえ始めている。

早く戻らないと親父《おやじ》殿が心配するな――白玲《ハクレイ》が座ったまま、左手を伸ばして来た。

「――手」

「ん？」

訳が分からないまま、立ち上がる。

騒がしい音と共に白馬が廃砦の中へとやって来た、主《あるじ》を見て、嬉《うれ》しそうに尻尾を揺らす。

少女は髪紐を解き、ほんの微《かす》かに甘えを潜ませた顔で俺に要求。

「……足が震えていて、馬に乗れそうにありません。敬陽《ケイヨウ》まで送ってください。勝手に私の馬を乗り回したんですから、それくらいしてくれますよね？」

「……えーっと」

「貴方を武官に、と父上へ訴えても？」

「うぐっ！」

急所中の急所をつかれ、俺は胸を押さえた。

ほんの少しの間、懊悩《おうのう》し――俺は白玲《ハクレイ》を抱きかかえ、白馬に乗せ、後ろに跨《また》がった。

「……これで、良いか？」

「よろしい、です。……隻影《セキエイ》」

「？」

「……来てくれて、ありがとう……」

小さく呟《つぶや》くと、銀髪の少女は目をとじ、安心しきった様子で寝息を零《こぼ》し始めた。

俺は白玲《ハクレイ》の顔についた汚れを優しく拭きとってやりながら、考え込む。

——あり得ない玄《ゲン》帝国の先行偵察。率いていたのはいる筈《はず》のない『赤狼《せきろう》』。

これを知った親父殿はどうするのか。

「近い内に臨京《リンケイ》へ戻ることになるかもな……」

俺は眠っている少女が落ちないよう腰に手を回し、南方の空を見上げたのだった。

第二章

「ん～……良い天気だ……。この分なら予定通り着きそうだな」

甲板に持ち込んだ椅子に腰かけ、上空を気持ちよさそうに飛ぶ鳥達を見上げながら、俺はそう独白した。心地よい風が吹いている。

現在、船は栄《エイ》帝国の首府臨京《リンケイ》に向け順調に航行中だ。

煌《トウ》帝国末期に計画され、その後二十年をかけて造られたという、大陸を南北に貫く、竜のような大運河は巨大で、とても人工物とは思えない。

俺と白玲《ハクレイ》が、玄《ゲン》帝国の斥候部隊を退けて早半月。

事態を極めて重く見た親父殿は、かねてからの増援要請と報告の為、自ら都へ出向くことを決断。俺と白玲《ハクレイ》へ随伴を命じられたのだ。

——最精鋭の兵三千と一緒に。

部隊を前線から引き抜くことの懸念《けねん》を、親父殿には勿論《もちろん》伝えたが……。

『老宰相殿の要望でな。皇帝陛下も、我が軍の視察と軍の演習を強く望まれているらしい。当初は一万との要求だったのだぞ？　……証拠は戦場に残された中古の武具だけだが、万が一を考え【西冬《セイトウ》】の動きを探る話もせねばならぬ』

政治は今も昔も面倒だ。

ただ、三千もの兵を船で運べば敵に間違いなくバレる。

その為、部隊の大半は少数に分かれ先発。臨京《リンケイ》の郊外で合流予定だ。

俺達も当初は騎馬での移動予定だったのだが……。

「おっと！」

張られた巨大な帆が風に煽《あお》られ、船が大きく揺れた。

書かれているのは『王《オウ》』の一文字。

昨今、臨京《リンケイ》で存在感を増しつつある新興の大商人、王《オウ》家の持ち船だ。敬陽《ケイヨウ》への糧食供給をした帰路、とある人物の厚意で俺達を乗船させてくれている。

本に挟んでおいた紙を取り出し、考え込む。

『**臨京《リンケイ》でお待ちしています。貴方の明鈴《メイリン》より**』

……あいつ、どうやって、俺達が都へ行くことを知ったんだ？

大運河上の初陣でなし崩し的に命を救った少女の悪巧み顔を思い浮かべながら、俺は額を押した。有難《ありがた》い話ではあるけれど……貸しを作るのは、マズい気もする。

まぁ、船に乗ったことがなかった白玲《ハクレイ》が瞳を輝かせて、

『私は馬でもかまいませんけど――……乗れるんですか？』

と、喜んでいたから良しとしよう！

小舟に乗って漁をしている人達を眺め、読書を再開する。

『皇帝崩御。王英《オウエイ》、幼帝補佐し十余年。その後去る。以後【天剣】を見た者おらず』

『老桃《ロウトウ》』の守備隊長によって英風《エイフウ》が助け出された直後、二代皇帝は謎の死を遂げ――その後、幼い三代目皇帝が帝位に着いた。

――それから約二十余年間。

天下の政務を執り行い、大運河の建造等、為《な》すべきことを全て為した盟友は賢帝に成長した三代目に、地位、領土、金銭を返納。

真の意味で【天剣】と讃《たた》えられるようになった双剣と妻だけを伴って、何処《いずこ》ともなく去っていったようだ。……あいつらしい。

しんみりしていると、左袖を引っ張られる。

「――ね、ねぇ」

「ん？　どうかしたか？」

さっきまで遠くの景色を無邪気に楽しんでいた白玲《ハクレイ》が、一転不安そうに話しかけてきた。今日は淡い蒼基調の服装で剣も提げていない。

直後——細長い口を持つツルツルした灰色の海獣が幾度か水面で跳ねた。船と並走して遊んでいるようだ。

俺を盾にするかのように舷から離れた少女が、深刻そうに問いかけてくる。

「……見ましたか？」

「？　……何をだ？」

質問の意味が理解出来ず、俺は白玲《ハクレイ》の蒼の瞳を見つめた。

すると、船員と朝霞《アサカ》の眼《め》を気にしたのか、少女は自分の前髪を弄《いじ》って目線を逸《そ》らし、耳元で囁《ささや》いてくる。口調は真剣そのものだ。

「(い、今のは何ですか？　あ、あんな変な魚、見たことがありません。ず、ずっと、着いて来ているみたいですし、も、もしかしたら、化生の類なんじゃ……？)」

俺のこういう時だけ鋭い頭は即座に答えを導き出した。

生まれてこのかた、敬陽《ケイヨウ》を離れたことがない張白玲《チョウハクレイ》は箱入り娘である！

河に棲む珍しい『海豚《いるか》』がいて『見たら幸運になれる』という伝承を知らないのだ。

……俺も半年前に同じ質問をして、物知りな明鈴《メイリン》付き従者さんに教えてもらった。

だが、しかしっ！　この隻影《セキエイ》、容赦はしないっ‼

俺は殊更悲しそうな表情を浮かべ、幼馴染《おさななじみ》の美少女と視線を合わせた。

「……残念だ。今、お前が見たのは、それはそれは恐ろしい化生……俺は都で呪い除《よ》けをしているから大丈夫だが、お前は……気にするな。嫁に行けなくなったりするだけだ」

「っ⁉」

思わず悲鳴をあげそうになり、白玲《ハクレイ》は口元を押さえた。

普段、冷静な銀髪少女が半泣きになりながら、袖を強く引っ張ってくる。

「……そ、それは困ります……とても困ります。な、何とか、してください」

「え～。どうしようかなぁ。やっぱり、普段の行いが――」

調子に乗ってあしらっていると、船尾の方で船員達が騒ぎ始めた。

「お、河海豚が跳ねたぞ」「縁起が良いな」「御客人を案内してくれているのだろう」

…………まずい。

俺は、そっと少女の様子を窺った。

白玲《ハクレイ》はゆっくりと立ち上がり、美しく微笑《ほほえ》む。強風が銀髪と紅《あか》い髪紐《ひも》を靡《なび》かせた。

「――……隻影《セキエイ》？　何か、申し開きがありますか？」

背筋が震え、視線を逸らす。日除《ひよ》け帽子を被《かぶ》った女官服姿の朝霞《アサカ》と目が合うも、瞬時に状況を察し『あらあら♪』。……駄目だ。助けにはなりそうにない。

俺は必死に考えるも、上手《うま》い言い訳は見つからず——跳躍して距離を取り、叫んだ。

「また一つ賢くなって良かったな！　箱入り娘の張白玲《チョウハクレイ》殿‼」

「今すぐ死んでください。いいえ、私が殺してあげます。大体、私が嫁に行けなくなったら、困るのは——……」

「？　どうした？？」

白玲《ハクレイ》は吹雪の如《ごと》き視線を俺に叩《たた》き込みながら、突然言い淀《よど》み、沈黙。背を向けた。

……そ、そこまで怒らせたか？

恐る恐る近づいて覗《のぞ》きこむと、顔を両手で隠し、つっけんどんに言い放った。

「……何でもありません」

「いや……顔、真っ赤だぞ？　——うわっ。凄《すご》い熱じゃねぇか！　慣れない船旅ではしゃいで、風邪ひいたんじゃ……」

手を伸ばし額にやると、明らかに熱がある。

しかも、どんどん上がっているような……？

「ひ、ひいていません。——大丈夫ですから、離れて、きゃっ」

白玲《ハクレイ》が俺の手を振りほどいた途端——再びの強風で船が大きく揺れた。

咄嗟《とっさ》に少女を抱きかかえ、衝撃を殺す。

――花の香りと、男とは明らかに違う柔らかさ。

若干照れくさくなるも、今は白玲《ハクレイ》の安全が最優先だ。

腕の中に収まっている少女へ確認。

「……大丈夫、か？」

「………は、はい」

しおらしくなっている白玲《ハクレイ》の姿に、動揺していると――後方から笑い声がした。

「はっはっはっ！　隻影《セキエイ》、からかい過ぎると後が怖いぞ？　儂《わし》も、生前の妻には小言を言われたものだ」

「はぁ」「……大部分は父上に責任があると思います」

やって来たのは、船長と何やら話し込んでいた親父《おやじ》殿だった。濃い緑の服装が鮮やかだ。

――次の瞬間、自分達が抱き合っている事実に気付き、

「っ！」「……………」

俺と白玲《ハクレイ》は慌てて三歩程離れ、
何となく、二歩近づいた。

陽光に光り輝く美髭《びし》をしごきながら、親父殿はそんな俺達の様子には触れず、前方へ向けた目を細める。朝霞《アサカ》は両手を合わせ、満面の笑みだ。……妙に気恥ずかしい。

「ふむ？　見えて来たようだぞ」

俺達も釣られて視線を向けると、遥《はる》か先にぼんやりと塔らしき影が見えてきた。

白玲《ハクレイ》が唖然《あぜん》とした様子で零《こぼ》す。

「こんな距離でも認識出来るなんて……」

「都手前の大水塞《すいさい》だな。敬陽《ケイヨウ》と臨京《リンケイ》は大運河で繋《つな》がっているし、守りも考えておかないとな。都自体も水路と橋だらけだぜ？　騎兵対策らしい」

「……詳しいんですね。昨晩話していた『都の子供達は親に叱られる時、玄《ゲン》の白鬼《しろおに》皇帝が来る！　と脅されるんだ』というのも……誰に聞いたんですか？」

白玲《ハクレイ》が俺へ猜疑《さいぎ》の双眸《そうぼう》を向けてきた。

……この話も明鈴《メイリン》の従者さんに教えてもらった、とは言わない方が良さそうだ。

両手で視線を防ぎつつ、答える。

「じ、自分で気付いたんだってっ！　半年もいたんだぞ⁉」

「……そうですか」

納得のいってない様子ながら、少女は長い銀髪を押さえた。前世の故事を思い出す。

『銀髪蒼眼《そうがん》の女は国家に禍《わざわい》を齎《もたら》す』

今更、そんな古い話が持ち出されることはないだろう。

親父殿も特段気にしていないし、船員達に到《いた》っては白玲《ハクレイ》に見惚《みと》れてもいる。

けど……万が一、こいつが嫌な目に遭いそうになったら助けないとな！

白玲《ハクレイ》が「……変な顔」と呟《つぶや》き、風で乱れた俺の髪を直す。

「……まったく。何時《いつ》まで経《た》っても、私がいないと駄目なんですから」

「なっ！　そ、それは俺の台詞《せりふ》――」「いいえ、私の台詞です」

生意気な御姫様に歯噛《はが》みしていると、親父殿が呵々《かか》大笑された。

「はっはっはっ！　仲が良くて結構だ。向こうに着いた後、少々面倒事もあろうが、お前達は、よく学び、よく遊べっ！　張泰嵐《チョウタイラン》の命であるっ‼」

＊

栄《エイ》帝国首府臨京《リンケイ》は水と共にある都市だ。
今より五十余年前――玄《ゲン》帝国の大侵攻により、国号を冠した首府『栄京《エイケイ》』を追われ、一族の大半と、国土の過半を喪《うしな》った皇帝は、この地に臨時の首府を開いた。

古代【斉《サイ》】の時代より船と富が集まる地で、財政再建を期したのだ。戦争には、今も昔も金がかかる。

また大運河の帰結点にあり、外周部に土地を確保出来るこの地ならば、水路を拡充し、外洋から大型船の乗り入れも可能と判断した為《ため》……らしい。

実際、今では首府手前まで大型船がやって来ている。

軍事拠点には向かない為、都市周囲の壁こそ低いものの……無数ともいえる水路と橋、増設に増設を重ねられた空中回廊と小路《こうじ》だらけの街並みは、玄《ゲン》の騎兵が得意とする騎射と突進を許さないよう、敢《あ》えて造られた物だそうだ。

隣を進む白玲《ハクレイ》が小さく囁いてきた。

「(貴方《あなた》が話していた通り、さっき母親が小さな子に『良い子にしないと、白鬼アダイが来るよ』と叱っていました。……それで？　誰に教えてもらったんですか？)」

「(ま、まだ気にしてるのかよっ⁉　し、書物だって！)」

「(……そういうことにしておきます。今は)」

一切信じていない顔で、白玲《ハクレイ》は細かい彫刻が施されている前方の石橋へと歩を進める。

……早い内に王家《オウ》の屋敷《やしき》へ顔を出して、口止めしておかないとな。

都での予定を付け足しながら、俺も橋を渡って行くと、屋台通りが見えて来た。

様々な国籍の人々が、食品や布の山、瓶に入った怪し気な薬などを売り買いしている。

数えきれない看板とつるされている提灯《ちょうちん》。

通りだけでなく空中回廊からも活気ある商談や世間話。

――当時の皇帝は正しかったんだな。

此処《ここ》まで活気に溢《あふ》れている街は煌《トウ》の時代にも見たことがない。

臨京《リンケイ》は古今絶後《ここんぜつご》の大都市なのだ。

人々の間を掻《か》き分け、親父殿のでかい背中に着いて行くと――後ろにいた筈《はず》の白玲《ハクレイ》がいないことに気が付いた。

「隻影《セキエイ》様♪」

朝霞《アサカ》が俺の肩を指で叩く。

視線を走らすと、少し離れた場所で所在なさげに周囲をキョロキョロしている美少女を見つけた。長い銀髪と整った容姿故、非常に分かり易《やす》い。

親父殿と朝霞《アサカ》へ手で合図をし、俺は白玲《ハクレイ》へ近づき――手を握った。

抵抗されるか、と思ったものの双眸で鋭く睨《にら》まれるだけ。

「――……いきなり摑《つか》まないでください」

「何処《どこ》かの誰かさんが迷子になりかけてたからな」

「な、なりません。子供扱いしないでください」

「分かった、分かった。嫌なら俺の袖か朝霞《アサカ》の袖を握っとけ。本当に迷うぞ？」

「……別に……このままで、いいです……」

白玲《ハクレイ》は唇を尖《とが》らせ、俺の手をおずおずと握り返してきた。

そのまま、屋台通りの入り口で俺達を待ってくれていた親父殿と朝霞《アサカ》の傍《そば》へと戻る。

群衆の中には、一緒に船でやって来た礼厳《ライゲン》選抜の護衛兵達もいる筈だ。

黒々とした美髭に触れながら、親父殿が呟かれた。

「都に上るのは三年ぶりだが……また街並みが変わったな。そして、以前よりも更に賑《にぎ》わっている。皇帝陛下と老宰相閣下の御尽力の賜物《たまもの》であろう」

「御謙遜を。親父殿の御活躍によるものですよ」

俺は苦笑し、張泰嵐《チョウタイラン》の隣へ並び背筋を伸ばした。未《ま》だ背の差は大きい。

——前世の俺も、当世の俺も孤児だった。

だから、父親の背中がどういうものなのかは、正直分からない。

分からないが……武官が貶《おとし》められる中、一切の弱音を吐かず、強大な異民族から故国を守り続けている張泰嵐《チョウタイラン》に拾われたことは誇らしく思っているのだ。

「七年前、親父殿を始めとする北辺の諸将が、玄《ゲン》の先帝が企てた大侵攻を頓挫させたことで、都に人と物がどんどん集まっているんです。謂《い》わば、この光景は――」

白玲《ハクレイ》から手を離し、右手で自分の胸を叩き、行き交う人々を見やる。

「間違いなく親父殿が作り上げたものです。誇ってください。俺は誇ります！」

大きな手が、ぬっ、と動き、俺の頭へ。

乱暴に黒髪を掻き乱しながら、親父殿は破顔した。

「――嬉《うれ》しいことを言ってくれる。どれ？　ここは一つ抱きしめてっ！」

「そ、それは遠慮させていただきます」

尊敬はしているのだ。命を救ってもらった大恩だってある。

だが、髭面《ひげづら》の大男に抱き着かれて喜ぶ趣味はないっ！

明確に拒否すると、【護国《ごこく》】と謳《うた》われる名将は、よろよろと二、三歩後退した。

「な、ん、だ、と？　ち、父の愛を受け取れぬ、とっ⁉　義姉《あね》上には、都で毎日のように抱きしめられていたのにかっ⁉」

「！　な、何故《なぜ》、その情報を⁉　い、いえ！　そ、それは誤解――……は、白玲《ハクレイ》？」

左側から明確な冷気を感じ、俺は銀髪の少女の名前を呼んだ。その横で女官はニコニコ。

……しまったっ！　伯母上の懐刀《ふところがたな》を務めている朝霞《アサカ》の妹が密告したかっ⁉

自らの油断に歯噛みしながら、恐々《こわごわ》少女へ目線を向けると宝石のような瞳には猛吹雪。

「――……何か？」

「ご、誤解」「では、伯母上に確認しても？」

「～～っ」

俺は反論を封じられ、二の句が継げない。

親父殿に目で救援を要請するも、清々《すがすが》しいまでの笑顔。

『頑張れ！　頑張るのだっ‼』

酷《ひど》い。ど、どうすれば、この危機を乗り越えて――良い匂いが鼻孔をくすぐった。

「隻影《セキエイ》？」「………………何か？」「良い匂いですね～」

二人の問いかけと朝霞《アサカ》の呟きに答えず、俺は目の前の露店へと進んだ。

台の上では竹製の大きな蒸籠《せいろ》が湯気を上げ、『饅頭《まんじゅう》』と書かれた紙が貼られている。

俺は十代前半に見える坊主《ぼうず》頭の少年へ注文。

「もう食えるか？」

「へいっ！　――あ、隻影《セキエイ》の兄貴。何時《いつ》戻ったんで？」

「ついさっきだな。幾つかくれ」

この露店は都にいた間、幾度か使ったことがある。名は知らないが顔馴染《なじ》みだ。

「ほいよっ！　熱いから、気を付けてくれよな‼」

威勢良く応じ、少年が蒸籠の蓋を開けた。白い湯気が噴き出し、手早く葛紙《くず》の袋に大きな饅頭を詰めてくれる。代金の銅貨を多めに渡しながら、問う。

「景気はどうだ？　儲《もう》かってるか？？」

「ぼちぼち、ですね。異国の方がたくさん入って来ているみたいで。またご贔屓《ひいき》に」

「おう」

異国の人間、ねぇ……。

臨京《リンケイ》には様々な国の人間が日々出入りするが、末端の露店まで実感する程、人流が活発化している理由が思いつかない。

頭の片隅に留《とど》めながら饅頭を受け取り、三人の元へ戻ると、熱々の饅頭を差し出す。

「ほらよ。親父《おやじ》殿と朝霞《アサカ》も熱い内に」

「……物で懐柔ですか。古いですね」

「ありがとうございます♪」「美味《うま》そうだなっ！」

文句を零しながらも受け取った白玲《ハクレイ》は、小さな口で大きな饅頭を食べた。

口元を押さえ、目をパチクリ。

俺は葛紙を朝霞《アサカ》へ託しながら、少女へ聞く。

「美味いだろ？」

「あの小僧の露店は美味いんだ。お前にも食べさせたかった。手紙にも書いたよな？」

「…………はい」

不承不承、と言った様子で白玲《ハクレイ》は二口目。美味しさには勝てないらしく、表情が綻ぶ。

俺は満足感を覚えながら、饅頭にかぶりついた。

肉汁が溢れるのと同時に、複雑な味が食欲をそそる。隠し味は海鮮だろうと睨んでいるが……また材料を変えたな？

俺と白玲《ハクレイ》が半分も食べない内に、あっという間に食べ終えた親父殿が感想を口にした。

「――美味《おい》しい、です」

朝霞《アサカ》は早くも二つ目を食べ始めている。

「美味いなっ！　このような物が何時でも食える――良いことだ」

「俺もそう思います」

温かい飯を腹いっぱい食えるのなら、人はそこまで死にはしない。

現皇帝と老宰相は悪い政治をしていないのだ。……軍関係以外は。

饅頭を食べつつ小さな橋を渡る。

「親父殿、この後は？　やはり、伯母上に挨拶を？？」

懐から布の端切《はぎ》れを二枚取り出し、一枚を一生懸命食べている白玲《ハクレイ》へ。

それで汚れた指を拭いていると、親父殿が顔を顰《しか》めた。

「義姉上は南部へ小旅行中だそうだ。お前達に会えないのを残念がっておられた」

「……そうですか。俺も残念です」

良しっ！　良しっ‼　よ〜しっ‼

俺は、天下にそこまで怖いものはない、と自負している。

だが、しかし——臨京《リンケイ》で張《チョウ》家の諸般を司《つかさど》っている伯母上殿だけは別なのだ。

悪い人ではないのだが、俺を引き揚げ、

『何《いず》れ、必ず貴方を張《チョウ》家の長に！』

という過激思想を持っているのは……。今回の滞在は心安らかに過ごせそうだ。

ほっ、としていると、親父殿が今後の予定を教えてくれる。

「明日は宮中に参内し、皇帝陛下へ内々に前線の戦況を御報告せねばならぬ。その打ち合わせの為、老宰相閣下から『到着次第、必ず屋敷へ顔を出すように』と、書簡を受け取っておるのだ。白玲《ハクレイ》の顔を見てみたいとのことだった。……隻影《セキエイ》、お前は」

「お気になさらず」

俺は布を仕舞い、軽く手を振った。

老宰相は皇帝陛下を輔弼《ほひつ》し、栄《エイ》帝国を事実上動かしている最高権力者。

張泰嵐《チョウタイラン》は、小さな子供から老人まで、誰しもが知っている救国の英雄。

この二人の会談に拾われ子が立ち会うのは場違いだ。親父殿へ快活に返答する。

「俺は居候《いそうろう》の身ですからね。『張家《チョウ》』は軍の要。無用な噂《うわさ》が立つのは避けるべきです。

大人しく都見物をしておきますよ」

「……うむ」「…………」「……隻影《セキエイ》様」

親父殿は沈痛な面持ちになり、白玲《ハクレイ》は物言いたげに黙り込み、朝霞《アサカ》も憂い顔だ。

こういう時、気の利《き》いたことを言えれば――視界の隅を橙色《だいだいいろ》の帽子が掠《かす》めた。

気取られぬよう観察すると、露店の陰に隠れながら、俺をちらちら。

……あいつ、もしかしてまた屋敷《やしき》を抜け出しやがったのか？

俺が黙り込んだのを気にし、親父殿が話しかけてきた。

「隻影《セキエイ》？　どうかしたか？？」

「いえ――代わりと言ってはなんですが」

片目を瞑《つぶ》り、提案する。

「俺は『王《オウ》』の家に顔を出して来ようと思います。糧食の件では、骨を折ってもらいました。頭を下げるだけならタダです」

「……ふむ？」「……王《オウ》の家、って、商人の？」

「ああ。大陸中を駆け回っている本物の商人だ。毎回面白い話をしてくれる」

白玲《ハクレイ》が丁寧に布を畳みながら聞いて来たので答える。

橙帽子に気付かれないよう後方に佇《たたず》む、長い黒髪を後ろで結っている若い女性と視線が交錯した。微《かす》かに頷《うなず》き合う。

——間違いない。王《オウ》家の御嬢様は屋敷を抜け出してきたようだ。

顔には出さず答え、親父殿には素直な気持ちも吐露した。

「恥ずかしながら——礼儀作法はさっぱり分かりません。そちらは親父殿と白玲《ハクレイ》にお任せします。朝霞《アサカ》、二人を頼む。ではっ！」

「夜までには屋敷へ戻れ」「——……あ」「お任せください」

そう告げ、俺は通りを駆け出した。

白玲《ハクレイ》が何か物言いたげな様子だったが、気にしたら負けだろう。

人々の間をすり抜け、橙帽子の人物を追って路地へ。俺はすぐさま命令した。

「いるんだろ？　出てこい！」

すると、嬉しそうな笑い声と共に、小柄な少女が姿を現した。

「フフフ……よくぞ、あんな人混みの中から、私を見つけ出してくれましたっ！」

橙色の帽子から覗《のぞ》いているのは二つ結びにした栗《くり》茶髪。

服も橙色基調で、見るからに上質だ。

背は低く、顔の造形は整っているもののあどけない。胸以外は体形も子供そのもの。

とても十七歳だとは思えない。

印象的な煌《きら》めく星を思わせる好奇の光を瞳に湛《たた》え、少女は手を合わせた。

「それでこそ、私の旦那様ですっ！　さぁ、今日にでも婚礼を——」

「しないって。俺にも分別はある。あと、旦那様って言うな、明鈴《メイリン》」

「なぁっ⁉」

栗茶髪の少女——王《オウ》家の跡取り娘にして、天才的な商才を持つ王明鈴《オウメイリン》は大袈裟《おおげさ》に驚き、
豊かな胸に右手を押し付け、俺に訴えてきた。

「ど、どうしてですかっ！　自分で言うのもなんですが、容姿は整っていますっ！　お金もたくさんありますし、性格だって悪くありません。貴方《あなた》様に尽くします。しかも——王《オウ》家の女は代々子沢山なんですよ？　他に何を望まれるとっ⁉」

「……と、言ってますが、どう思われますか？　静《シズカ》さん」

俺はげんなりしながら、明鈴《メイリン》の後方に気配なく忍び寄って来ていた長身の女性に話を振った。腰には異国の刀を提げ、黒白基調の動き易《やす》い装束だ。

長い黒髪と黒真珠のような瞳が印象的な、明鈴《メイリン》の、従者さんは頰に手を当て上品に嘆息。

主《あるじ》である少女を隙のない動作で拘束した。

「……大変嘆かわしく。私の力不足です。真《まこと》に申し訳ありません」

「！　し、静《シズカ》⁉　ど、どうして、此処《ここ》にっ⁉　は、離してっ！　わ、私は、隻影《セキエイ》様と、大事な話をしているのっ‼　は～な～し～てぇぇぇ!!!」

ジタバタするも、明鈴《メイリン》はあっさりと抱きかかえられる。

こうして見ると幼女だ。誰がどう見ても駄々をこねる幼女だ。胸以外は。

船で臨京《リンケイ》へ向かう途中、水賊に襲われていたこの少女が乗る船を助け――その後、広大な都の屋敷に招待された際、豪語された内容を思い出す。

明鈴《メイリン》の鼻先に人差し指を突き付け、俺は手を軽く振った。

「『**私、大陸中のお金を臨京《リンケイ》に集めたいんですっ！**』――なんて野望を高らかに叫ぶ女は、俺の器じゃ受け止めきれん。……あと」

「？　何ですか？？？」

ほぼ幼女といっていい明鈴《メイリン》と俺との背丈の差は相当なものだ。嫁に貰《もら》ったりしたら……。

『……変態……』

極寒の視線を向けて来る白玲《ハクレイ》が脳裏に浮かび、俺は身震いした。

片手で主を抱えながら、静《シズカ》さんも溜《た》め息を零《こぼ》す。

「……御嬢様は大変賢いのですが、少々……」「……御察しします」

「ふ、二人で分かり合わないでくださいっ‼　怒りますよ？　幾ら私でも怒っちゃうんですよっ⁉　静《シズカ》、降ろしてっ！　私、隻影《セキエイ》様に大事な用があるのっ！！！」

「……仕方ありませんね」

黒髪の従者さんによって、地面に降ろされると——王《オウ》家の御嬢様は、服装を整え不敵な笑みを浮かべ、胸を張った。

そして、俺へ左手の人差し指を突き付けて来る。

「勝負です、隻影《セキエイ》様っ！　今日こそ、その帝国で一番整った御顔を——敗北の屈辱で歪《ゆが》めて差し上げますっ‼」

＊

「うふふ♪　さ、どうですかぁ？　幾ら旦那様でもぉ、分からないですよねぇ？　降参、しても良いんですよぉ★」

目の前の豪奢《ごうしゃ》な椅子に座る明鈴《メイリン》が、『難題』を前にし黙り込んだ俺を煽《あお》ってきた。

心から楽しそうに小さな足をぶらぶらさせ、栗茶髪を揺らしている。静《シズカ》さんがいないせいか、年齢よりも一層幼く見えるのは気のせいじゃないだろう。

王《オウ》家の屋敷は臨京《リンケイ》南部。

皇帝のいる宮城に程近い一等地にあるのだが……下手な貴族よりも遥《はる》かに広大。

花々が咲き誇る庭の中には池もあり、俺達が今いるのはその池の小島だ。

見事な大理石の机に並ぶのは、異なる種類の茶が注がれている白磁の碗《わん》が三つ。

これは茶の銘柄を当てる『闘茶《とうちゃ》』と呼ばれるもので、昨今都で流行《はや》っている真剣勝負なのだ。静《シズカ》さんが丁寧に淹《い》れてくれたお茶を、最後にもう一口ずつ飲み、

「決めた！」

俺は迷いを断ち切る。少女の眉が微かに動いた。

「では、お答え願います。負けたら……今晩はうちにお泊まりくださいね？　うふふ♪　隻影《セキエイ》様の為《ため》に山海の珍味を集めておきましたっ！　今日こそは私が勝つんですっ‼」

「山海の珍味には心惹《ひ》かれるが――」

俺は明鈴《メイリン》と視線を交え、碗を指差し答えを告げる。

「一番左は大陸南端の緑界《りょくかい》産。微かに果実の香りがした。真ん中は海月島《くらげじま》産。味と香りが最も濃かった。陽が出た日数の差だろう。最後が……異国の物。【西冬《セイトウ》】産か？」

「…………」

先程まで自らの勝利を確信していた明鈴《メイリン》は、大きな瞳を更に大きくし沈黙。

唇を噛《か》み締め、机に上半身を突っ伏し、悔しそうに言葉を振り絞った。

「せ、正解、です……」

「しゃあっ！」

俺は拳を天に突きあげ、机上の胡麻《ごま》団子を口へ放り込んだ。程よい甘さ。勝利の味だな。

対して、明鈴《メイリン》は頭を抱え「今回は勝てると思ったのにぃ……私の旦那様、凄《すご》いっ！　でも、悔やしいぃ‼」と、ジタバタ。子供っぽいというか、幼女だな。

大理石の机に突っ伏したままの少女が顔だけを上げ、恨めしそうに聞いてきた。

「どうして……何で分かったんですかっ。い、一度も飲んだことない筈《はず》ですよね？　うちでも出したことありませんよ⁉　【西冬《セイトウ》】の品なんて、皇族用の特級品なのにっ！」

「ん～？　強いて言えば」

少女は頰を膨らまして、分《わ》かり易いジト目。

超高級品だと分かる茶碗を手に取りつつ、俺は素直な思いを口にした。

「勘、だな」

明鈴《メイリン》はポカンとし、ゆっくりと立ち上がった。

小さな両拳を握り締めいきり立ち、二つ結びの髪が上下する。

「もうっ！　もうったら、もうっ‼　これだから、隻影《セキエイ》様は困るんですっ‼『勘』なんていう便利な言葉で、私の渾身《こんしん》を粉砕しないでくださいっ！！！！！」

「ふっはっはっはっはっはー。負け犬に何を言われても、痛《いた》くも痒《かゆ》くもないわー」

俺は勝利の茶を飲み干し、わざとらしく明鈴《メイリン》をからかう。

水賊から命を救った礼として、『敬陽《ケイヨウ》への定期的な食糧大量搬送』という難題をあっさりと解決してくれた若き天才商人が恨めしそうにしながら、両袖を握り締める。

「くぅっ！　そ、そうやって、幼気《いたいけ》な私をまたしても弄ぶ気ですねっ⁉　ひ、酷《ひど》いっ！　人でなしっ‼　ここは私に花を持たせてくれても良い場面な筈ですっ！」

「あ、俺が勝ったから、とにかく頑丈な剣と良い弓探しを頼むな」

「……言えば？」

「……隻影《セキエイ》様のいけずぅぅ」

戯言《たわごと》を受け流し、手で座るよう指示をすると、明鈴《メイリン》は唇を尖《とが》らせながらも着席した。

俺は二杯目の碗を手にする。

「にしても……よく、ここまで珍しい茶を集めたな」

「うふふ～♪　当然ですよ～☆」

両手を頬につけ、少女は身体《からだ》を左右に揺らした。身体に似合わない双丘が揺れるのが、少々目の毒だ。変な所で無防備になるのは、後で静《シズカ》さんに伝えておかねば。

明鈴《メイリン》が両拳を握り締める。

「好きな殿方の為なんですよ？　貴方様に喜んでいただく為なら、この王明鈴《オウメイリン》、ありとあらゆる権力を行使する所存ですっ！　こんな私――可愛《かわい》く、ありませんか？」

「ちょっと怖い」

容赦なく返答すると、少女は歯噛《はが》み。けれど、瞳は楽しそうでもある。

「ぐぬぬ……相変わらずの難攻不落っ！　それでこそ、私の旦那様ですっ‼」

「旦那じゃないけどなー」

「う～……偶《たま》には飴《あめ》をくれても良いじゃないですかぁ」

「ほいよ」

胡麻団子を一つ摘《つま》み、俺は明鈴《メイリン》へ放り投げた。曰《いわ》く、美味で有名な【西冬《セイトウ》】産の胡麻が入手出来ず、自国産になってしまったのが少々不満の一品、らしい。

案外と運動神経の良い少女は口で受け止め――

「……えへぇ♪　とっても、美味《おい》しいです」

幸せそうな笑顔。

俺みたいな奴《やつ》に好意を寄せるなんて、変わった奴だとは思うが……少女が胡麻団子を食べ終えたのを見計らい、俺は茶碗を置いた。

「――明鈴《メイリン》」

「はぁい？」

年上の少女はキョトンとし、大きな瞳を向けてきた。

風で少女の髪が靡《なび》く中、俺は深々と頭を下げる。

「糧食の件、兵達はとても喜んでいた。感謝する。俺の頭じゃ無理な仕事だったろう。親《おや》父《じ》殿や各将にも話は通しておいたから、今後ともどうかよろしく頼む」

親父殿に出された任務――

『最前線で敵軍と睨《にら》み合っている味方将兵約五万の糧食問題を改善せよ』

当然、そう簡単に解決出来る話じゃなかったし、季節によって変わる風や、大運河を航行する船の数的問題もある。具体案を作ることすらも難しいと誰しもが思っていた。

王明鈴《オウメイリン》、以外は。

目の前の少女は俺からこの話を聞きだした後、驚嘆する程の熱意で難題に取り組み――行きは海路、帰路は大運河を用いることで、糧食問題を解決してみせたのだ。

俺自身は『海路も併用出来ないか？』と、口にしたくらいで、他は何もしていない。

――頭を下げ続けるが、返答はなし。

風が水と花と土の香りを運んできた。静《シズカ》さんが客人を連れてきているようだ。

やがて、明鈴《メイリン》は大きく溜め息を吐《つ》いた。

「…………はぁ」

顔を上げると――手で頰を支えた少女が頰を薄《う》っすらと染め、睨んでいた。

「……私は隻影《セキエイ》様の考えを詰めて、実行するよう段取りを整えただけです。長く旅暮らしをしていた静《シズカ》が海路についても詳しかったですし。あとですねぇ……」

「うん？」

頰を大きく膨らませ、明鈴《メイリン》は机に突っ伏すと、両手で机を叩《たた》く。

「そうやって、あっさりと頭を下げないでくださいっ！　親友や部下の為ならば、どんな恥辱も甘んじて受けた、という古《いにしえ》の『皇英峰《コウエイホウ》』ですか⁉　ズルいですっ‼　反則ですっ‼　前線で頑張る将兵の為なら、自分の名誉なんて気にもしない男の人なんて――……

また助けたくなっちゃうじゃないですかぁぁぁぁ！！！！」

暴れる少女を眺めながら、俺は少し動揺していた。

……思ったよりも、前世の俺の話って世の中に広まってる？

落ち着くために三杯目の茶を一口飲み、わざとらしく茶化す。

「――……で、儲《もう》けは多めに取るんだろう？」

「はい♪　そして、そのお金を使って物を買い、また儲ける」

顔を上げ、花が咲いたような、大人びた笑み。

恐るべき商才を持つ少女は俺と視線を合わせ、言い切った。

「そうして――天下は回っていくんです。覚えておいてくださいね、未来の大英雄様？」

「…………」

若干の照れくささを覚え、俺は頰を掻《か》きながら顔を屋敷《やしき》の方へ。未《ま》だ静《シズカ》さんが戻って来る気配はない。目線を戻し、頭を振る。

「俺は地方文官志望だ。田舎であれば田舎であるほどいい。そして、気立ての良い嫁と一緒に子供を育て、雨の日は書物を読んで過ごす。これ以上、何も望みようがない！」

「無・理です！　貴方《あなた》様は、【玄《ゲン》】の誇る四人の猛将の一角――『赤狼《せきろう》』を北西に退けられたんですよ？　そんな御人を地方文官にする程、この国に余裕はないと思います★　最近は、手土産として【西冬《セイトウ》】の品を持つ、商人に化けた『鼠《ねずみ》さん達』の数も増えているみたいですし」

からかうような口調だが、内容は剣呑《けんのん》そのもの。

先のグエンによる襲撃の情報は極秘事項だし……玄《ゲン》の密偵の数が増えている、と。

俺は声を低くし、少女の名前を呼ぶ。

「……明鈴《メイリン》」

「誰にも話していません。我が国と【西冬《セイトウ》】との間を割くあからさまな離間策だと思っています。戦争に興味もありませんし。私が知りたいのは――」

少女の真摯な視線が俺を貫く。これを躱《かわ》す程――男を止《や》めていない。

「貴方様のことだけです。でも、戦乱が続く限り、何《いず》れ誰しもが知るようになります。平穏を望まれるのであれば、早めに張《チョウ》家を出られた方が良いのでは？」

「…………」

俺は三杯目のお茶を飲み干した。さっきよりも茶が渋く感じられる。

綺麗《きれい》な所作で碗を手にした才女の問いかけ。

「貴方様が気にかけておられるのは――よく話をされていた、張白玲《チョウハクレイ》様ですね？」

「……まぁ、な」

「どうしてです？　どうして、そこまで気にかけて？？」

妙な圧に屈し、俺は碗《わん》を机に置いた。屋敷の中が騒がしい。それ程の客人か？

明鈴《メイリン》の視線を受け止め、告白する。

「端的に言えば……あいつには恩があるんだ。命を救われた大恩が、な」

北風が吹き、俺と少女の間を駆け抜けた。……風の強さが変わったか？

明鈴《メイリン》が目を瞬《しばたた》かせる。

「命……ですか？」

鷹揚《おうよう》に頷《うなず》き、俺は何となく空を見上げた。

「新進気鋭の大商人たる王《オウ》家だ。俺の出自も調べてるだろ？　俺は孤児だ。商人だった両親や使用人達と旅をしている途中、敬陽《ケイヨウ》郊外で盗賊に襲われ、唯一の生き残りだった俺を偶々《たまたま》巡回に出ていた親父殿が救ってくれた。……と、言っても、殆《ほとん》ど覚えちゃいないが」

――微《かす》かに覚えているのは荒野の風の冷たさと濃い血の臭い。

次気付いた時には寝台に寝かされていて、隣の椅子では幼い白玲《ハクレイ》が船を漕《こ》いでいた。

上半身を起こそうとして、頭と身体に激痛が走り――その瞬間唐突に思い出したのだ。

『俺は皇英峰《コウエイホウ》の生まれ変わり』だ、と。

目の前の少女が静かに問いかけてくる。

「……張《チョウ》将軍に救われたことを、恩義に思われているのは理解出来ます。ですが、答えになっていません。私が聞きたいのは」

「そう急《せ》くなよ、王明鈴《オウメイリン》──話の続きだ」

軽く左手を振り、俺は片目を瞑《つぶ》った。

才女が子供のように頬を膨らませ、黙り込む。

「親父殿によって救われたらしい俺はその直後から十日間余り高熱を出し……生死を彷徨《さまよ》った。意識は朦朧《もうろう》としていたし、夢かもしれない」

少女と視線を合わせる。

普段の快活さはそこになく、純粋な真摯さだけがそこにはあった。

「けどな？　天幕の外で大人達が俺を『不吉な子』と呼んで──始末すべき、と強硬に主張していたのはずっと聞こえてた。そして、あいつが……白玲《ハクレイ》が泣きながら、反対する声もな。『一度助けたのにっ！　もう一度、殺そうとしないでっ‼』──昔から冷静な奴なんだが、感情が高ぶると大声になんだよなぁ」

胡麻《ごま》団子を口に放り込み、苦笑する。

けれど、明鈴《メイリン》の表情は変わらず、真剣そのもの。

「つまり……それが、それこそが張白玲《チョウハクレイ》様への」

「恩義、ってやつだ。あいつは覚えていないかもしれないし、俺の幻聴だったかもしれない。直接聞いたことはないしな。……けど」

静《シズカ》さんが誰かと話しているのがはっきりと聞こえた。こっちへ来るようだ。

「俺にはお前程の学もなければ、知恵もない。だが、人として、返すべきものが何なのかは理解しているつもりだ。俺はあいつが幸せになるのを見届けるまで、張《チョウ》家を離れるわけにはいかないんだよ。……今の話、秘密だぞ？」

一気に語り終え、俺は照れ隠しにお茶を一気に飲み干した。

独特な風味でやっぱり美味《うま》い。土産として少し分けてもらうか？

そんなことを考えながら、少女へ通告する。

「と――いうわけだ。俺を婿にするのは諦めろ。闘茶《とうちゃ》にも負け通しだろ？　お前には溢《あふ》れんばかりの商才があるし、幾らでも男は見つかるさ」

最後だけ茶化し、俺は話を終えた。

万を超える軍の糧食搬入をつつがなくこなせる人物は、そうそういない。

まして、それを成し遂げたのは、家の権力を使えるとはいっても、十七歳の少女。

王明鈴《オウメイリン》の才は前世の我が畏友――王英風《オウエイフウ》にも届き得る。

暫《しばら》くして、才女は自分の胸に左手を置き、静かに口を開いた。

「――……条件を」

「ん？」

明鈴《メイリン》の瞳には、初めて見る決意の炎。

……あ、あれ？　あ、諦める場面じゃ⁉

俺がおたおたしていると、少女は荒々しく立ち上がり、叫んだ。

「条件を仰《おつしや》ってくださいっ！　隻影《セキエイ》様の御気持ちは理解しました。ですが――……だからといって、この王明鈴《オウメイリン》！　引き下がるわけには参りませんっ‼　私も――私だってっ！

貴方様に、この命を救われたのをお忘れですか？」

「え、えーっと、だな……」

「今の話、どういう意味ですか？」

「「！」」

怜悧《れいり》な声が耳朶《じだ》を打つ。

俺と明鈴《メイリン》が慌てて視線を向けると、池の畔《ほとり》に佇《たたず》んでいたのは……。

「は、白玲《ハクレイ》⁉　ど、どうして、お前が此処《ここ》にいるんだよっ⁉」

＊

「用事は済みました。場所は伯母上が書き置きを。さ、答えてください」

「お、お前なぁ……」

さっさと小さな橋を渡ってきた銀髪蒼眼《そうがん》の美少女の、冷気すら感じる視線を前にして、俺の言葉は尻すぼみになった。

お、伯母上……都にいないのに、貴女《あなた》という御人はっ！

控えている静《シズカ》さんが『隻影《セキエイ》様、頑張ってください！』と、目線で伝えてきた。

……どうしてこんなことに。

現実逃避している俺に対し、王明鈴《オウメイリン》は優雅に立ち上がり、白玲《ハクレイ》へ一礼し名乗った。

「お初に御目にかかります。王仁《オウジン》が長女、明鈴《メイリン》と申します。張白玲《チョウハクレイ》様ですね？　長い——とても長い御付き合いになるかと思いますので、どうか仲良くしてください♪」

「張白玲《チョウハクレイ》です。糧食の件は感謝を。有難《ありがと》うございました。ただ――私個人は、貴女と仲良くするつもりは一切ありません」

「「――……ふっ」」

二人の少女の間に激しい火花が散り、猛《たけ》る龍虎の姿も容易に幻視出来る。

冷や汗をかきながら、俺は白玲《ハクレイ》に別の話題を振った。

「あ～……朝霞《アサカ》は？」

「父上と一緒です。私は子供じゃないので、地図があれば迷いません」

「……ハイ」

選択を誤ったらしい。静《シズカ》さんが苦笑しているのが分かった。

この間も明鈴《メイリン》を睨《にら》み続けていた白玲《ハクレイ》が、無言のまま視線を動かす。

『とっと立て』

心臓が凍えていく感覚。

理由は皆目分からないが……ここまで不機嫌な白玲《ハクレイ》に抗《あらが》う術《すべ》はない。

両手を挙げて降伏する。

「分かった、帰――」「あら？　もうお帰りになられるんですか～？」

「！　明鈴《メイリン》さん!?」

椅子に腰かけ、静《シズカ》さんから茶碗《ちゃわん》を受け取った少女が、白玲《ハクレイ》へニッコリと微笑《ほほえ》んだ。

俺の背中に手を回した白玲《ハクレイ》もまた仮面のような微笑み。

「申し訳ありません。父が待って」「私と隻影《セキエイ》様の出会い、聞きたくありませんか？」

「！」「なっ⁉」

白玲《ハクレイ》と俺の動きは急停止した。

恐るべき才女はそんな俺達を見るやいなや、黒髪の従者さんに指示を出す。

「もう少し付き合っていただけるみたいですね。静《シズカ》、白玲《ハクレイ》様にもお茶と菓子を」

「はい、明鈴《メイリン》御嬢様」

楽し気な静さんが新しいお茶の準備を始めた。……まずい。

「は、白玲《ハクレイ》、お、親父《おやじ》殿を待たすのは――」

「少しなら問題ありません」

少女は断じると椅子へ腰かけ、俺を目線で促した。ギクシャクしながら隣へ。

すると、明鈴《メイリン》は余裕綽々《よゆうしゃくしゃく》な様子で足を組んだ。

「では、お話ししましょう。私と隻影《セキエイ》様――その運命の出会いを！」

＊

私は臨京《リンケイ》でも名の知れた王《オウ》家の娘として、幼い頃から不自由ない生活をしてきました。

父も母もやり手の商人として、国を跨《また》いで東奔西走。

あまり一緒に過ごした記憶はありませんが、幸運だと思っています。

……ですが、母はともかく、父がとにかく過保護で。

私も今年で十七。

にも拘《かか》わらず、何度お願いしても臨京《リンケイ》を出させてもらえなかった。

父も母も危険な地域には自ら乗り込んでいるのに、です！

そこで――私は一計を案じ、大運河を運行している我が家の輸送船に忍び込むことにしました。王《オウ》家にとって、大運河の水運は生命線ですから。

何《いず》れ、家を継ぐ身としましては現場を知らなければならない。そう考えたんです。

――私の企《たくら》みは首尾よく成功しました。

静《シズカ》にはバレていて、船長にも笑顔で迎えられましたが……ま、まぁ、成功したのです！

初めての船旅は何もかもが新鮮で、船員にずっと『あれは何ですか？』『い、今、水面を奇怪な生き物が⁉』と聞いて回っていたのを覚えています。

——異変が起きたのは、目的地の敬陽《ケイヨウ》に到着する朝でした。

船室でぐっすり寝ていた私が静《シズカ》に起こされると、既に緊迫感のある命令が飛び交っていたんです。

『す、水賊だぁぁ！！！！』『ど、どうして、大運河に⁉』『塩税が払えなかった連中だろう』『風が弱い！　櫂《かい》を漕《こ》げっ‼』『漕ぎ手が足りませんっ！』

世間知らずの私でも、ただならぬ事態が起きているのは容易に理解出来ました。

静《シズカ》に抱き着きながら、甲板へ出ると、十数艘《そう》の小舟が私達の船を襲おうとしていました。

主柱に翻《ひるがえ》る旗は靡《なび》いておらず、普段なら吹いている風は凪《なぎ》。

老宰相閣下が塩の価格を下げて以降、大運河沿いで水賊が現れなかったこともあって、漕ぎ手も少なく——このままでは逃げきれないのは自明でした。

『……明鈴《メイリン》御嬢様は、何があっても、私が御守り致します』

囁《ささや》かれた静《シズカ》の言葉を聞くまでもなく、私達は明らかに追い詰められつつありました。

船員達が慣れない武器を握り締める中、最後方の敵船に乗る、敵の首魁《しゅかい》と思《おぼ》しき野卑な男が幅広の刀を掲げ——

『っ⁉』『！？・！！』

次の瞬間、肩を射貫かれ、もんどりうって水面に落下するのが見え、ほぼ同時に見張り台の船員が叫びました。

『敵船後方に軍船！　旗は──【張《チョウ》】！！！！』

船上が静まり返り──みんなの歓声が響き渡りました。

この国に生きる者で【張護国《チョウごこく》】の名前を知らぬ者はいません。

安堵《あんど》が胸に満ち、腰が抜けそうになったのを強く覚えています。

けれど、私は──

『明鈴御嬢様《メイリン》⁉』

静《シズカ》の腕から抜け出し、船首へと駆け出しました。

──理由は単純です。

天下に武名を轟《とどろ》かす張家軍《ちょうかぐん》の武勇をこの目で見たい。そう思ったからです。

静《シズカ》が後からついて来るのを感じつつ、私は船首へと辿《たど》り着き──

『！　あ、あれは……』

この目ではっきりと見たんです。

反撃の矢を無視するかのように、次々と水賊を見事な技で射貫く黒髪の勇士を！

——その御方こそ。

＊

明鈴《メイリン》が瞳を輝かせて、胸を張った。

「隻影《セキエイ》様だった、というわけですっ！　その後も、次から次へと水賊を射貫いていく勇姿！　うふふ♪　今でも時々夢で見てしまいます。劇的な出会いだと思いませんか？」

……え、えーっと。

俺は気恥ずかしくなりながら、ゆっくり隣の白玲《ハクレイ》へ目線を泳がせた。

すると、銀髪の少女はお茶を静かに飲んでいて、従者さんへ微笑んだ。

「このお茶……とても深い味がしますね。美味《おい》しいです、静《シズカ》さん」

「ありがとうございます、白玲御嬢様《ハクレイ》」

白玲《ハクレイ》と静《シズカ》さんが二人して和んでいる。気が合うらしい。

対して……再び明鈴《メイリン》を見ると、頬を大きく膨らませた。

「ち、ちょっとぉ！　私の話を——」「理解しました」

茶碗を置き、白玲《ハクレイ》は明鈴《メイリン》と視線を合わせた。稲妻の幻が走る。

「要は貴女の乗っていた船をうちの軍船が助け、その関係で臨京《リンケイ》に行く理由──糧食問題の話をした。……そして」

月餅を摘まんでいた俺を、銀髪の少女はギロリ、と睨んだ。

下手に整っているせいか、妙な威圧感で腰が引ける。

「うちの居候《いそうろう》が貴女の御両親に気に入られた──合っていますか？」

「察しが良い方ですね。正解です」

この間、俺は蛇に──いや、龍に睨まれた蛙《かえる》のように、身を小さくするばかり。

張白玲《チョウハクレイ》は怒ると怖いのだ。

──手を叩《たた》く音が響いた。

「「──！」」

俺達が一斉に視線を向けると、静《シズカ》さんが満面の笑みを浮かべていた。

「明鈴《メイリン》御嬢様、隻影《セキエイ》様と白玲《ハクレイ》様は御用事があるようです。今日のところはこの辺にされては如何《いかが》でしょうか？」

「え？　あ……そ、そうねっ！　隻影《セキエイ》様、まだ都に滞在されますよね？？」

「ん？　お、おお」

ぽかん、とした明鈴《メイリン》が気を取り直し、俺へ聞いてきたので頷《うなず》く。親父殿が戻るまではいることになるだろう。

次に黒髪のお姉さんは、銀髪の少女へにこやかに提案した。

「白玲《ハクレイ》御嬢様。手土産がございます。御屋敷《やしき》の中へおいでください♪」

「——……でも」

「先に帰ったりしないって」

ちらっと、俺を見て来たので、軽く左手を振って応じる。

白玲《ハクレイ》は微《かす》かに表情を崩し、立ち上がった。

そして——明鈴《メイリン》に会釈《えしゃく》し、小橋を渡って行く。

すぐさま、静《シズカ》さんも俺と主人へ目礼し後を追う。気を遣わせてしまったようだ。

俺は最後の茶を飲み干し、消化不良な表情をしている少女へ不敵に笑う。

「あれが『張白玲《チョウハクレイ》』だ。どうだ？　大した奴《やつ》だろ？」

「……頭が切れるのは理解しました」

明鈴《メイリン》は、不承不承と言った様子で俺の意見に同意した。

行儀悪く茶菓子を手づかみで食べながら、子供っぽくむくれる。

「でも、私は絶対に負けませんっ！　必ず勝利しますっ‼」

「そもそも勝負なのか……？」

最後の月餅をむしゃむしゃと頬張る才女は答えず、背筋を伸ばした。

そして、俺の眼《め》をしっかりと見ながら豊かな胸に自分の手を押し付け、訴えてくる。

「今日の闘茶《とうちゃ》も私の負けです。──しかしながら！　王《オウ》家の書に『負けっ放し』と『恩を返さない』の文字はありませんっ！　隻影《セキエイ》様、この王明鈴《オウメイリン》に命じてくださいっ‼　たとえ、無理難題であろうとも、私はそれを達成し、貴方《あなた》様の妻になってみせますっ‼　あ、剣と弓は別ですよ？　探しておきますね♪　外輪船の御礼《おれい》もしないといけませんし！」

「………」

王明鈴《オウメイリン》は才女であり、諦めを知らない。これは短い付き合いの中で、痛い程理解している。俺が以前冗談で口にした『風がなくても動ける高速船』も建造してしまったようだ。

加えて……世知辛いことに、大概の問題は堆《うずたか》く積まれる銀貨の前には無力。

諦めさせるには絶対不可能な題を出す他なし！　が……難しいな。

ふと、椅子に立てかけてある俺の剣が目に入った。

──……剣、か。

俺は返答を待っている明鈴《メイリン》へ何気なく、こう告げた。

「じゃあ――かつて、煌《トウ》帝国の【双星】が使ったという、【天剣《てんけん》】を探し出して、持って来てくれ。その双剣が俺の手元に届いたのなら、お前との婚姻を真剣に考えよう」

明鈴《メイリン》は大きな瞳を見開き「【双星の天剣】……千年前の英雄が振るった伝説の双剣……」と言葉を繰り返し、探るような問いかけ。

「……今の言葉は本当、ですか？」「ああ」

「二言は」「ない」

臨京《リンケイ》に来る間に『煌書《とうしょ》』とそれに続く史書はあらかた読み終えた。

英風《エイフウ》が去って以降の約千年。【天剣】は見つかっていないようだ。

幾ら明鈴《メイリン》でも、この世になければ見つけることは出来ないだろう。

「なるほど。了解しました。――では」

才女は立ち上がって、その場でクルリ、と一回転。高らかな宣誓。

髪を靡かせながら停止すると、右手を自分の左胸に押し付けた。

「この王明鈴《オウメイリン》！　全身全霊を以《もっ》て、【天剣】を探し出し、張隻影《チョウセキエイ》様へ捧《ささ》げることを誓いましょうっ！　そして、その暁には、私の御婿さんに――うふふ～♪」

「……勝手に婿にすんな」

俺はかつて共に数多《あまた》の戦場を駆けた愛剣を思いながら、言葉の間違いを指摘する。

けれど、明鈴《メイリン》は意気軒高な様子で両手を握り締め、

「いいえっ！　近い将来そうなるので、無問題です♪　……最大の恋敵も、想定以上にヘタレみたいですし……恐れるに足らずっ！」

途中背中を向け、小声で何かを呟《つぶや》いた。俺は苦笑。

「……危ない真似《まね》は禁止だぞー？」

「大丈夫です！　私には静《シズカ》がいますしっ‼　――何より」

明鈴《メイリン》は年相応な少女の顔になり、俺の近くへ寄って来ると控え目に抱き着いてきた。

「いざっ！　という時は、未来の旦那様に助けてもらいますから‼　……宮中内では戦況の楽観論と張《チョウ》将軍を軽んじる声が大きくなりつつあるようです。また、先程の鼠《ねずみ》さん達の話も、ほんの少し違和感が。どうかお気を付けて」

「……程々にな？　情報感謝する。何か分かったらすぐに報《しら》せてくれ」

白玲《ハクレイ》は屋敷の正門近くで俺を待っていた。手には見慣れぬ布袋《ぬのぶくろ》。静《シズカ》さんが持たせてくれた土産だろう。

近づき、何も言わずに手を伸ばす。

「…………」

銀髪の少女は無言で布袋を俺に渡し、踵《きびす》を返した。

正門を潜《くぐ》り抜ける際、後ろを振り返ると明鈴《メイリン》と静《シズカ》さんの姿が見えたので、手を振る。

白玲《ハクレイ》も会釈。あの黒髪の従者さんとは随分打ち解けたようだ。内弁慶なところのあることにしては珍しい。

屋敷を出て二人して通りを歩き出す。陽は傾きかけ夜が迫って来ている。

張《チョウ》家の屋敷は一般庶民が暮らす北部にある為《ため》、少々歩かなくてはならないが……臨京《リンケイ》の治安は安定しているし、大丈夫だろう。朝霞《アサカ》も迎えに来てないくらいだ。

次々と灯《あか》りがついていく店の提灯《ちょうちん》や灯篭《とうろう》、家路を急いでいる水路の小舟を眺めつつ、人気《ひとけ》のあまりない橋にさしかかる。

「……さっき」

「うん？」

「私達がいなくなった後、あの子とどんな話をしていたんですか？」

白玲《ハクレイ》が突然立ち止まり、背中を向けたまま聞いてきた。

俺は頭の後ろで手を組んで素直に返答。

「無理難題な探し物を、な。あ～……初陣《ういじん》の件は」

「……別に全然気にしていません。静《シズカ》さんからお茶をいただきました。珍しい西冬《セイトウ》の物です。屋敷で淹《い》れてみます」

「俺にも？」

「当然――父上と私、朝霞《アサカ》の分だけです」

「ひっでぇ」

普段通り軽口を叩き合いながら、俺達は歩みを再開する。

白玲《ハクレイ》も幾分機嫌が回復したらしく、足取りは先程よりも軽やかだ。

にしても、

「西冬《セイトウ》、か……」

俺は幼馴染《おさななじみ》のキラキラ光る銀髪を眺めながら、独白した。

嘘《うそ》か真《まこと》か――数百年前、仙娘《せんこ》が建国して以来、我が国とは友好関係にある交易国家。

国内の大鉱山から産出される鉄鉱石を用いた金属製品が有名で、西方と我が国との交易で蓄えられた財は、異国から齎《もたら》された新技術開発に投下されている、と聞く。

国土自体は我が国の数分の一。

【玄《ゲン》】と接している国土の北東部は峻険《しゅんけん》な七曲山脈《ななまがりさんみゃく》が列《つら》なり、北西部は白骨砂漠《はっこつさばく》。

過酷な地形は奴等《やつ》の主力である騎兵の通過を許さず……今まで、戦わずして領土を守ってきた。

他地域も、平野なのは敬陽《ケイヨウ》へと繋《つな》がっている東部のみであり、だからこそ、その物品は稀少《きしょう》性を持っていたのだ。

幾ら大商人たる王家《オウ》であっても、特級茶葉は入手困難な程に。

——けれど、それが今、俺の手元にある。

つまり、想像以上に多くの商人に扮《ふん》した『鼠』達が入り込んで……臨京《リンケイ》でこうなら、敬《ケイ》陽《ヨウ》でもきっと。

明鈴《メイリン》はグエンの件も含め、離間策と判断していたが違和感も覚えているようだった。

仮に……本気で彼《か》の国が裏切っていたら。

「隻影《セキエイ》？　どうかしましたか？」

立ち止まり考え込んでいると、白玲《ハクレイ》が心配そうに覗《のぞ》き込んで来た。

「——ん？　ああ、悪い悪い。ぼーっとしてた。行こうぜ」

片目を瞑《つぶ》って少女を促しつつ、決意を固める。

万が一を考え、親父《おやじ》殿には改めて進言しておくべきなのだろう。

『【西冬《セイトウ》】に叛意《はんい》の恐れあり』と。

人の世では何が起こるか分からないのだから。

＊

「な、なぁ……白玲《ハクレイ》………」

「駄目です。いい加減諦めてください。男でしょう？」

「うぅ……」

姿見に映った、白玲《ハクレイ》に黒い礼服を直されている俺の顔は悲愴《ひそう》感に溢《あふ》れている。

窓の外からは小鳥達の囀《さえず》り。嗚呼《ああ》……俺も飛んで行ってしまいたい。

そんな間も、白と翠《みどり》の礼服を身に纏《まと》い、前髪に花飾りを着けた銀髪少女は、てきぱきと俺の服装を整えていく。思わず、ポツリ。

「お前はともかくとして……俺が皇宮になぁ………」

俺の立場は対外的に見れば微妙だ。

親父殿や伯母上は『言うまでもなく、張《チョウ》家の一員であるっ！』と言ってくれるし、

「？　何ですか？　変な顔して。はい、もういいですよ」

目の前の少女だってそうだと思う。

――だけど、世間は違う。

張泰嵐《チョウタイラン》の異名【護国《ごこく》】は、幾度となく玄《ゲン》帝国の侵攻を防ぎ続けたが故に、民衆の間から自然発生的に生まれたもの。皇帝の耳にも届いている程。

そんな家の異分子が俺なのだ。

親父殿は幾度となく、俺へ正式に『張《チョウ》』の姓を与えたい、と宮中に働きかけてくれたらしいのだが……悉《ことごと》く頓挫。

『北伐派《ほくばつ》』筆頭である張《チョウ》家の勢力がほんの少しでも強まることを良しとしない勢力が、都では力を持っている。後背の味方こそ真の敵……何時《いつ》の時代も人は変わらない。

黄昏《たそがれ》ていると、白玲《ハクレイ》が先程の俺の呟きに答えてきた。

「老宰相閣下の御配慮です。昨日の面談の際、次回は是非貴方も、と仰《おっしゃ》られていました。良かったですね。興味を持たれたみたいですよ？」

「うへぇ」

肌がざわざわし、俺は身体《からだ》を震わせた。宮中で腹芸なんて、出来る気がしない。

白玲《ハクレイ》が前に回り込み、手を伸ばしてきた。

「……襟、曲がってます」

「いや、自分で直すって」

「動くな」

「……ハイ」

降参して格子窓《こうし》の外を見ると、朝霞《アサカ》や女官達と目線が合った。唇を動かしてくる。

「（隻影様《セキエイ》、お似合いです！）」『（白玲御嬢様《ハクレイ》をよろしくお願いします♪）』

……南方に商談へ出向かれているらしい、伯母上の教育の賜物《たまもの》なんだろうか。

内心で嘆息していると、廊下からドカドカ、という大きな足音が響き、濃い緑の軍装姿の親父殿が部屋へ入って来た。

「白玲《ハクレイ》、隻影《セキエイ》！　準備は出来たかっ‼」

「はい、父上」「……親父殿、本当に俺も行くんですか？」

俺は情けない声を発し、哀願する。

白玲《ハクレイ》にジト目を向けられるのを自覚していると、名将は凛《りん》とした表情になった。

「隻影《セキエイ》、今日ばかりは諦めよ。皇宮入り口近くの待合場所にいてくれれば良いのだ。他の貴族の子息達もいるやもしれぬ」

「はぁ」

いてもいなくても関係ないんじゃ——親父殿が俺を見て微《かす》かに頷《うなず》かれた。

『銀髪蒼眼《そうがん》の女は災厄を呼ぶ』。

大陸西方出身者が少なかった時代に広まった、黴《かび》の生えている迷信。

けれど、宮中内で権力争いに勤《いそ》しむ貴族の中には、未《いま》だ信じる者もいるのだろう。

……白玲《ハクレイ》を一人にさせず、俺が盾になればいい、ってことか。

気分が軽くなり、親父殿と拳を合わせる。

「万事、了解しました。夜は美味《うま》い飯を食わせてください」

「うむっ！　任せておけっ‼」

「……二人で分かり合わないでください。刻限のようです」

白玲《ハクレイ》が庭の水時計を指差した。そろそろ出発しないと間に合わない。

——いざ、皇宮へっ！


「お疲れ様です、張《チョウ》将軍！　御案内致します。御連れの方々は此方《こちら》でお待ちください」

臨京《リンケイ》南部に鎮座する巨大な皇宮。

龍と鳳凰《ほうおう》が描かれた朱色の大正門を潜り抜け、宮殿内に足を踏み入れた俺達は、禁軍《きんぐん》の若い士官に呼び止められた。

示された部屋の中には、幾つかの長机と椅子。既に数名が待っているようだ。

親父殿が俺達の肩を叩《たた》いてきた。

「白玲《ハクレイ》、隻影《セキエイ》、では後程な。そこまで時間はかからん」

「行ってらっしゃいませ」「御健闘を！」

挨拶をすると、満足気な様子で士官を伴い、石廊の先へと進んで行った。

俺は白玲《ハクレイ》に目配せし、待合室へ。近くの椅子に腰かけると、椀《わん》と茶器が置いてあった。

普段、こういう場では向かい側に座る銀髪の少女は珍しく隣へ。目で白玲《ハクレイ》に『飲むか？』と確認するも、頭を振った。……緊張しているようだ。

茶を飲み、顔を顰《しか》める。

「……まじぃ」

昨日、最高級品を飲んだのもあるが……にしたって酷《ひど》い。

いざ、という時、前線に出張らないといけない皇帝直轄の禁軍でこれだと、他の軍じゃ。

俺が暗澹《あんたん》たる想《おも》いを抱いていると、部屋にいた若い貴族らしい優男が叫んだ。

「おい、そこのお前！」

「？」

年齢は俺達よりも少し上。二十代前半に見える。腰には金や宝飾で飾られた儀礼用の剣。

俺や白玲《ハクレイ》は勿論《もちろん》、親父殿ですら帯剣は許されていない。宮中でそれを許される身分……。

優男はニヤニヤしながら近づいて来た。まるで鍛えていないな。

後方に数名の若い男達を引き連れ、俺を見下ろす。

「見ぬ顔だ。名を聞こうか」

……親父殿や明鈴《メイリン》の懸念《けねん》が的中してしまったようだ。

白玲《ハクレイ》が不安そうにしているのは見ないでも分かった。何でもないように名乗る。

「張《チョウ》家居《い》候《そうろう》の隻影《セキエイ》だ。あんたは？」

すると、若い男は名乗らないまま指を突きつけ、蔑みの視線。

「……知らぬ名だ。しかも、張《チョウ》家の居候とはっ！　貴族ですらないではないかっ！

此処《ここ》は皇帝陛下のおわす皇宮であるっ！　下賤《げせん》な者は去れっ‼」

『**去れっ！**』

同時に後方の男達も唱和。虎の威ならぬ父親の威を、ってやつだな。

苦笑を表に出さないようにしつつ、頭を下げる。親父殿と白玲《ハクレイ》の顔に泥は塗《ぬ》れない。

「確かにその通りだ。すぐ出ていくから、少しの間だけ許してほしい。この通りだ」

「…………っ」

白玲《ハクレイ》が怒りの言葉を飲み込むのが分かった。

俺をいたぶってやろう、という当てが外れたのだろう、優男は鼻白む。

「……ふんっ！」

そして、視線を移し白玲《ハクレイ》を見た。口元を歪《ゆが》め、叫ぶ。

「そっちの女っ！　貴様の名はっ‼」

白玲《ハクレイ》は少しの間答えなかったが――やがて、口を開いた。声が少し震えている。

「……張泰嵐《チョウタイラン》が長女、白玲《ハクレイ》です」

「張泰嵐《チョウタイラン》？　――ふっはっはっはっ」

哄笑《こうしょう》が室内に響き渡り、先頭の優男はニヤニヤしながら、大袈裟《おおげさ》に肩を竦《すく》めた。

「何とまぁ……北の田舎で『北伐』『北伐』と始終叫び続け、軍事費と称して金をせびる田舎将軍の娘かっ！　そちらの下賤な者といい、皇宮によく来られたものだっ‼」

「…………っ」「…………」

白玲《ハクレイ》は唇を噛《か》み締め、俺は冷たく思考した。

張泰嵐《チョウタイラン》を罵倒出来る貴族は限られる。この阿呆《あほう》の身内は相当な実力者なのだろう。

……栄《エイ》帝国も、そんなに長くはないかもな。

冷厳たる事実を俺が考えていると、男は儀礼剣を抜き放ち、白玲《ハクレイ》へ向けてきた。

「しかも、貴様のその髪と瞳……災厄を呼ぶ銀髪蒼眼。とっとと失せよっ‼　お前のような者がいると都に禍《わざわい》が及びかねんっ‼　御祖父様の手を煩わせるなっ‼」

「御祖父様？」

身体を震わす白玲《ハクレイ》から注意を逸《そ》らす為《ため》、優男へ問い返す。

すると、予想通り嘲ってきた。

「そんなことも知らぬのか？　我が祖父こそは、栄《エイ》帝国の柱石たる大丞相《じょうしょう》である！」

「……大丞相じゃなく、宰相でしょう。歴史上、『大丞相』と呼ばれたのは【双星】の一人、王英風《オウエイフウ》だけの筈《はず》です」

俺が言葉の意味を考える前に、少女が冷たく呟《つぶや》く。

優男の眉が吊り上がり――突然、白玲《ハクレイ》の花飾りを強奪した。

「あっ！」

「こんな安物を皇宮に身に着けて来るとは――慮外者めがっ！」

「止《や》めてっ！！！！」

悲鳴と椅子の倒れる音。床に叩きつけられた花飾りを優男が踏みにじる。

立ち上がっていた白玲《ハクレイ》は呆然《ほうぜん》とし、その場にへたり込んだ。頰を一筋の涙が伝っていく。

宰相の孫らしい優男はニヤニヤしながら、白玲《ハクレイ》の前髪を掠《かす》めるように剣を振るい――

「ぎゃっ！」『!?』

その瞬間――俺は跳躍し、男の顔面に拳を叩きこんでいた。剣が宙を舞う。

気絶した男は受け身すら取れず、血の泡を吹きその場に倒れ込んだ。

「……弱っ」

吐き捨てながら、降って来た剣を蹴りで叩き折る。

状況についていけず呆然としていた取り巻き達が騒然。

「き、貴様っ！」「な、何を、何をっ⁉」「我等を誰だと思っているのだっ！」

「……あのなぁ……」

俺は視線を取り巻き共へ向けた。男達の腰が引け、見る見るうちに蒼褪《あおざ》める。

「俺を侮辱するのは許そう。皇宮なんて来る立場じゃない。……だけどな？」

『〜〜〜っ‼』

取り巻き達がガタガタと震え始めた。警護の兵士達も激しく動揺している。

「親父《おやじ》殿を侮辱し、白玲《ハクレイ》を罵っておいて……まさか、無事でいられると思っていないよな？　俺は恩人を馬鹿にされて黙っている程、お人好《ひとよ》しじゃない。……覚悟はいいな？」

そう言い捨て、俺は顔面を引き攣《つ》らせている男達の制圧を開始した。

視界の外れに、ボロボロな花飾りを礼服が汚れるのも気にせず抱きかかえ、今にも泣き出しそうな白玲《ハクレイ》の姿が映った。

＊

「此方です、隻影《セキエイ》殿。手荒な真似《まね》はしたくありませんので――」

「ああ、分かってる」

俺は壮年の士官へ応じ、古い地下牢《ろう》の扉を潜った。

半地下式になっているようで、唯一の高い窓からは三日月が見える。

――ガチャリ、と鍵がかけられた。

振り返り、ぼんやりとした灯《あか》りを持つ士官へ問う。

「で？　俺への沙汰は何時《いつ》出るんだ？　餓死は勘弁なんだが？」

「存じません」

素っ気ない受け答えを残し、士官と兵士達は地下通路を戻って行った。

親父殿に対する敬意もあってか、皇宮で大立ち回りを演じ、貴族のドラ息子達を叩きのめした俺への態度は丁寧だったが、限度はあるようだ。

俺は壁に背をつけ、冷たい石の床にしゃがみこむ。

牢内の過半は漆黒の闇に包まれ、月灯りだけが辛《かろ》うじて差し込んでいる。

「……親父殿に迷惑かけちまったなぁ……白玲《ハクレイ》にも……」

あいつ、大丈夫だったかな？　ああ見えて、俺の幼馴染《おさななじみ》は泣き虫なのだ。

身体《からだ》を伸ばしながら考えていると——月灯りが消えた。

上の窓の前に誰かが立っている。影の長さからして、男のようだ。

……こんな夜更《よふ》け、しかも皇宮に？

奇妙に思いながらも、叫ぶ。

「おーい。そこに立たれると月が見えないんだ。どいてくれないか」

「——……何故《なぜ》だ？」

人影は俺の要望を無視し、問いかけてきた。この声色。随分と歳《とし》を喰《く》っている。老人？

俺が影の正体を推察していると、淡々とした問いを続けてくる。

「何故、宮中であのような騒ぎを起こした？　貴殿は張《チョウ》家預かりの身と聞く。張《チョウ》将軍に咎《とが》が及ぶ、と想像もつかぬ愚物なのか？」

「……手厳しいな、爺《じい》さん」

俺は苦笑し足を伸ばす。朝から何も食べていないので、腹が減った。

頭の後ろで手を組んで、答える。

「親父殿に迷惑がかかるのは避けたかったさ。だけど、あの馬鹿共は聞き知っただけの情報で親父殿を侮辱した。そして、それだけでなく――俺の命の恩人をも嘲笑した。そんな相手を見過ごす程、俺は大人じゃない」

どうせ、一度は死んだ身。

今世だって親父殿と白玲《ハクレイ》がいなかったら、とうの昔に死んでいた。

ならば――恩人達に咎が及ぶ時は、喜んで自分の命を差し出そう。

老人が問いを重ねてくる。

「……だが、先に手を出したのは貴殿なのだろう？　たとえ、あの者等に非があろうと、傷つけてしまえば、罰は免《まぬが》れぬ」

「うん？」

今の言葉を咀嚼《そしゃく》し――結論を出す。

どうやら、あの場の兵士達は『先に剣を振るったのは老宰相の孫』という事実を語らなかったようだ。

……道理でさっきの士官の態度が丁寧だったわけだ。良心の呵責《かしゃく》、か。

親父殿達が必死に前線を支えている間に、臨京《リンケイ》の宮中は腐ってきているらしい。

「どんな世になっても、人ってのは大して変わらない、か」

「？　どういう意味だ……？」

　本気で疑問を持っている声色。正直に教えてやる気にもならず、俺は足を組む。

　——証人がいても、親や祖父の権力で握りつぶす。

　そんな連中もやがては大人になり、この国の中枢に立つのだろう。老人へ言い放つ。

「わざわざこんな場所まで来てもらって悪いんだが……俺はあんたに興味が湧かない。必死に前線で戦い続けている人間を嘲笑《あざわら》って、自分達は都で美味《うま》い物と酒を喰らい、仮初の栄華を楽しんでいる人間とは話が合わないんだ。さっさとどっかへ行ってくれないか？」

「………仮初だと？」

　声色に初めて怒りが滲《にじ》んだ。俺は肩を竦める。

「だってそうだろ？　臨京《リンケイ》が平和を享受し、人々が安寧に暮らしているのは、親父殿達が最前線で踏ん張っているからだ。それ以上でも、それ以下でもない。……けどな」

　顔を上げ、窓の外に見える影を睨《にら》みつける。

「大河を挟み、最前線で対峙《たいじ》している敵軍の数を知っているか？　最も楽観的に見て張《ちょう》家軍《かぐん》の三倍だ。……三倍だぞ？　なのに、俺が知る限りこの七年間、都から兵、人材の増援は一切ない。城砦《じょうさい》線構築も親父殿や各将の自弁。都の連中は、もしかしてこう思っているんじゃないのか？　『敵は存在する。だが、大河を越えられる筈がない』」

「………」

老人が重く沈黙した。何も知らないわけじゃなさそうだ。

暫《しばら》くして、振り絞られた言葉。

「……事実、張《チョウ》将軍は全て撃退しているではないか」

「はぁ……それ、正気で言ってるわけじゃないよな？」

俺は溜《た》め息を吐《つ》いた。

闇と同化しているだろう黒髪を掻《か》き、現実を突きつける。

「張泰嵐《チョウタイラン》は不世出の名将だ。でも──無敵の存在じゃない。しかも、味方に足を引っ張られ続けている。対して、【玄《ゲン》】の若き皇帝は実権を一手に握り、とびきり有能ときている。たとえ、一戦場で勝てても、戦《いくさ》には勝てない。実兵力が違い過ぎる。……此方《こちら》は不敗が絶対条件。向こうは唯一勝で事足りる。分が悪過ぎるだろ？」

冷たい夜風が地下牢に吹き込んでくる。

同時に、俺の耳は窓の外の微《かす》かな足音を捉えた。

近くまでやって来たが『！』驚いて立ち止まったようだ。

老人が疲れた言葉を発し、踵《きびす》を返す。

「……心しておこう。『張隻影《チョウセキエイ》』──その名も覚えておく。汝《なんじ》に客人だ」

細い人影が離れ――直後、格子《こうし》の隙間から何かが落ちてきた。

咄嗟《とっさ》に受け取ると温かい。小さな革袋だ。

中にはちまきと竹製の水筒。そして、折り畳まれた紙片が入っていた。

目を凝らすと、外套《がいとう》を羽織った人影が此方を覗《のぞ》き込んでいる。

銀髪に月光が反射し、キラキラと煌《きら》めく――仏頂面《ぶっちょうづら》の白玲《ハクレイ》だ。

俺は半ば呆《あき》れてしまう。

「お、お前なぁ……こんな所までわざわざ来るなよ。幾ら都でも、夜に女が出歩くのはあぶないんだぞっ！　そもそも、どうやって？」

夜間、皇宮の門は全て閉鎖される。中には入れない筈……。

すると、白玲《ハクレイ》はその場に座り込み、種明かし。

「王《オウ》家の娘に秘密の路《みち》を教えてもらいました。道案内は静《シズカ》さんが」

「………あいつ」

俺は頭痛を覚え、額を指で押した。

大商人である王《オウ》の家ならば、秘密の通路の一つや二つ知っていてもおかしくない。

ぶつぶつ、文句言いながら、ちまきの竹皮を取る。

「――……食べる前に」

「うん？」

白玲《ハクレイ》が感情のない声で話しかけてきた。

「御礼はないんですか？　父上の顔に泥を塗った居候《いそうろう》さん？？」

……滅茶苦茶《めちゃくちゃ》怒っていやがる。

俺は虚空《こくう》に視線を彷徨《さまよ》わせながら、礼を言う。

「あ、ありがとう。そ、そうだ。親父殿とお前に御咎めはなかったよな？」

「ありません」

「そっか。良かった」

ホッとし、ちまきにかぶりつくと、空腹の身体に塩分が染《し》みわたる。はぁ……生き返る。

瞬《また》く間に一個を喰い終わり、水を飲んでいると、言葉が降ってきた。

「――……どうして」

「？」

冷静沈着な白玲《ハクレイ》の言葉が震えている。俺は水筒を置き、顔を上げた。

「どうして、あんなに暴れたんですか？　貴方《あなた》は馬鹿ですけど」

「……おい？」

思わず口を挟むも、無視。はっきりとした激情を叩《たた》きつけてくる。

ファンタジア文庫の最新情報が満載!
ファンタジア FANTASIA チャンネル CHANNEL
2022 11
大人気シリーズ「公女殿下」タッグの新作!
スペシャルパック同時発売!
公女殿下の家庭教師 13
大樹守りの遺言
著:七野りく　イラスト:cura
未来転生しても、英雄は最強!
双星の天剣使い
著:七野りく　イラスト:cura
ファンタジア文庫
毎月20日発売!
公式HP https://fantasiabunko.jp/
〒102-8177 東京都千代田区富士見2-13-3

ファンタ
法が学校を守ってる？
草ww
悪人を
本当に裁くのは…
銃と刃だよ？
新作!
この教室は、武力に守られている
著：阪田咲話　イラスト：SOLar
犯罪を以て悪人を裁く武装組織ストレイシープ。そのエース・景光と、敵を笑顔で殴り、景光に恋する陽気美少女・ミステリオーサに、日本の女子高生の護衛が届く。任務のため、2人は慣れない学園生活を始め!?

不敗の大英雄は、
未来に転生しても
最強の英雄——!
新作!
双星の天剣使い
著：七野りく　イラスト：cura
名将の令嬢である白玲は、一〇〇〇年前の不敗の英雄が転生した俺を処刑から救った、才ある美少女。それから数年後。始まった異民族との激戦で俺達の武が明らかに——! 最強の白×最強の黒の英雄譚、開幕!

TVアニメ放送中！

新米錬金術師の店舗経営

著者：いつきみずほ　イラスト：ふーみ

AT-X：毎週月曜日 21:00～
【リピート放送】：毎週水曜 9:00～／毎週金曜15:00～
TOKYO MX：毎週月曜日 24:40～
KBS 京都：毎週月曜日 24:00～
サンテレビ：毎週月曜日 24:00～
BS 日テレ：毎週月曜日 23:30 ～

※放送開始日・放送時間は変更となる場合がございます。予めご了承ください。

キャスト

サラサ・フィード：高尾奏音
ロレア：木野日菜
アイリス・ロッツェ：大西沙織
ケイト・スターヴェン：諏訪ななか

公式サイト https://shinmai-renkin.com　アニメ公式Twitter @shinmai_renkin

スパイ教室

著者：竹町　イラスト：トマリ

TVアニメ
2023年1月放送開始!!

CAST

リリィ：雨宮 天　グレーテ：伊藤美来　ジビア：東山奈央
モニカ：悠木 碧　ティア：上坂すみれ　サラ：佐倉綾音
アネット：楠木ともり　クラウス：梅原裕一郎

アニメ公式Twitter @spyroom_anime

経験済みなキミと、経験ゼロなオレが、お付き合いする話。

（#キミゼロ）

著者：長岡マキ子　イラスト：magako

アニメ化決定！

STAFF

監督／大庭秀昭
シリーズ構成／福田裕子
キャラクターデザイン／伊藤陽祐
アニメーション制作／ENGI

公式サイト https://kimizero.com/　アニメ公式Twitter @kimizero_anime

TVアニメ
2023年4月
放送開始！
Another World
異世界でチート能力《スキル》を手にした俺は、現実世界をも無双する
Real World
レベルアップは人生を変えた
公式サイト https://www.iseleve.com
アニメ公式Twitter @iseleve_anime
©美紅・桑島黎音／KADOKAWA／いせれべ製作委員会

転生王女と天才令嬢の魔法革命
2023年1月TVアニメ化決定！
CAST
アニスフィア：千本木彩花　ユフィリア：石見舞菜香
イリア：加隈亜衣　アルガルド：坂田将吾
レイニ：羊宮妃那　ティルティ：篠原侑
アニメ公式Twitter @tenten_kakumei
公式サイト https://tenten-kakumei.com
©2023 鴉ぴえろ・きさらぎゆり／KADOKAWA／転天製作委員会

TVアニメSeasonⅡ
2023年放送開始
キミと僕の最後の戦場、あるいは世界が始まる聖戦
the War ends the world / raises the world
著者：細音啓　イラスト：猫鍋蒼
— CAST —
小林裕介　雨宮 天
石原夏織　白城なお
土岐隼一　花守ゆみり

DATE A LIVE
デート・ア・ライブV
DATE A LIVE
アニメ制作決定!!
著者：橘公司　イラスト：つなこ

新　刊

サラサの前に史上最大の
ピンチが
立ちはだかる!?

新米錬金術師の店舗経営 07
疫病を退治しよう!

著:いつきみずほ　イラスト:ふーみ

ミスティという新たな仲間も加わり、ロッツェ子爵として初の仕事を終えたサラサ。そんな彼女のもとに届いた疫病発生の報せによって、サラサは引き続き領主全権代理として、その対処に追われることに――!?

その他今月の新刊ラインナップ

・放課後の聖女さんが尊いだけじゃないことを俺は知っている 4
著:戸塚陸　イラスト:たくぽん

・ロクでなし魔術講師と追想日誌《メモリーレコード》 10
著:羊太郎　イラスト:三嶋くろね

2022
11

※ラインナップは予告なく変更になる場合がございます。

「自分の立場を理解していない愚か者じゃありません。……私が我慢さえすれば」

「いや、それは駄目だろ」

俺はあっさりとその考えを否定。指についた米粒を食べながら、素直に告げる。

「『銀髪蒼眼《そうがん》の女は禍《わざわい》を呼ぶ』――十年間お前と一緒にいたが、俺にそんな禍は一向に来やしない。むしろ、幸運ばっかりだった。迷信でお前が傷つけられるのは駄目だ」

「…………」

白玲《ハクレイ》は黙り込んだ。見なくても分かる。多分頰を膨らませていやがるのだろう。

二つ目のちまきを食べていると、早口で事実を報《しら》せてきた。

「貴方が最初に失神させた若い男――嘘《うそ》偽りなく老宰相閣下の孫だったそうです。重罪になってもおかしくありません」

「へぇ～」

全く興味がなかったので空返事。それよりも何よりも、ちまきが美味い。

白玲《ハクレイ》の口調に普段の冷たさが戻る。

「……少しは危機感を持ってください。大変な事態になるかもしれないんですよ？」

「問題はないって。老宰相閣下がその程度なら――逆に安心だ。親父《おやじ》殿なら、どうとでもするだろう。国家を経営していながら、自分の孫の教育を疎《おろそ》かにしているんだからな」

栄《エイ》帝国の老宰相と言えば、一角の人物として諸国にも知られている。

特定の派閥には所属せず、三代五十年に亘《わた》り、帝国の繁栄に奉仕してきたとも。

水筒の水を飲み干し、竹皮と共に革袋に仕舞っていると、白玲《ハクレイ》が納得いかない様子で続けようとしてきた。

「……でも」「それに、だ。よっと」

革袋を頭上に放り投げると、銀髪の少女は極自然に受け止めた。

壁に背を着け、笑う。

「仮にあの馬鹿があれ以上、俺を侮蔑していたら、お前だって殴ったろ？」

夜風が吹き、外套をはためかせる。

――頬を薄《う》っすら赤く染める白玲《ハクレイ》の顔が見えた。

ぷい、っと顔を背け、捨《す》て台詞《ぜりふ》。

「……あんまり、調子に乗らないでください」

可愛《かわい》くない御姫様だ。俺は暗闇の中で軽く左手を振った。

外套を直し、白玲《ハクレイ》が立ち上がる。

「帰ります。……明日の朝、沙汰が出るそうです」

「ああ、気を付けてな。静《シズカ》さんによろしく。親父殿に謝っておいてくれ」

明日の朝、か。思ったよりも早い。

「──隻影《セキエイ》」

「ん？」

背を向けた白玲《ハクレイ》が俺の名前を呼んだ。

小首を傾《かし》げ、待っていると幾度か躊躇《ためら》った後、早口。

「……いえ。何でもありません。おやすみなさい」

「ああ、おやすみ」

今度こそ、足音が遠ざかってゆく。

俺は苦笑しながら、月灯《あか》りの中に紙片をさらした。辛《かろ》うじて文字が読み取れる。

『ありがとう』

……不器用な奴《やつ》。

あいつの婿になる相手はきっと大変だ。

俺は自分が上機嫌になるのを自覚しながら、静かに目を閉じた。

＊

「――隻影《セキエイ》殿。出てください」

「…………う、ん？」

牢《ろう》の外から、壮年の士官に呼ばれたのは夜明けだった。窓からぼんやりとした朝陽《あさひ》が差し込んでいるが……遠くで鶏も鳴いている。

俺は欠伸《あくび》をしながら立ち上がり、尋ねた。

「……ふぁぁぁ……早いな。こんな時間に沙汰が出るのか？」

「お急ぎを」

士官は問いに答えず、ただ俺を促すだけだ。状況に困惑しながらも入り口を潜って後を追い、地下道を進んで行く。長い間使われた様子がない。……秘密通路か？

途中「顔をお拭きください」と水筒と布を渡されたので、遠慮なく使う。

そのまま下へ、上へと歩いて行き――やがて、出口が見えてきた。

促されて外へ出ると、

「はっはっはっ！　来たな、隻影《セキエイ》っ！　地下牢は寒かったろう？」

「⁉　お、親父殿？　ど、どうして此処《ここ》に？　それに、白玲《ハクレイ》？？」

俺を待っていたのは張泰嵐《チョウタイラン》とお澄まし顔の白玲《ハクレイ》、そして楽しそうな朝霞《アサカ》だった。後方には静《シズカ》さんまで控えている。

親父殿は普段の服装だが、白玲《ハクレイ》と朝霞《アサカ》は旅支度を整え、三頭の馬の手綱を持っていた。

周囲を見渡すと眼下には朝靄《あさもや》に包まれている臨京《リンケイ》。北の丘のようだ。

壮年の士官が見事な敬礼を親父殿にした。

「では――本官はこれにて失礼致します！」

「御苦労。助かった！」

「勿体《もったい》ない御言葉です。貴方様の頼みを断れる前線帰りはおりません」

会話を交わすと俺にも敬礼して、今来た地下通路を戻っていく。何が何だか……。

親父殿がニヤリ、とし、豪奢《ごうしゃ》な紙を差し出してきた。

「お前の沙汰が下った。心して読め」

「――……はい」

多少緊張しながら受け取り、目を走らす。

『張《チョウ》家育み　隻影《セキエイ》
宮中における乱暴狼藉《ろうぜき》、如何《いか》なる理由があろうとも許し難《がた》し。

なれど、自らへのいわれなき侮蔑に耐え、養父と妹への侮蔑に対し、その拳を振る孝であり、義なり。

よって、以下の処分を下す　　』

……何だと？

俺は顔を上げ、親父殿と視線を合わせる。

『退牢《たいろう》後、即時臨京《リンケイ》退去を命ず。武勲によって失態を挽回《ばんかい》せよ』――老宰相閣下の真印付だぞ？　お前を褒めておられた。何時《いつ》会ったのだ？」

「い、いえ。会ったことなんて――……あ」

昨日の爺《じい》さん……やられた。俺は深々と頭を下げる。

「――……謹んで、罰を御受けします」

「うむ。儂《わし》が戻るまで敬陽《ケイヨウ》を頼む。それと、だ」

親父殿が、歴戦の名将の顔になり俺へ告げた。

「お前の進言通り、急ぎ探らせた。西で不穏な動きがあるのは事実のようだ」

「……ではやはり、【西冬《セイトウ》】が？」

張泰嵐《チョウタイラン》は情報を重視し、小さな進言すらもおろそかにしない。

彼《か》の国が【玄《ゲン》】に降《くだ》っているとしたら……。

「仔細《しさい》は不明だ。しかし、儂は和平派との話し合いを纏《まと》めるまで敬陽《ケイヨウ》に戻れぬ。そこで、だ。お前は白玲《ハクレイ》と共に」

「……待ってください」

言葉を遮り、馬の頭を優しく撫《な》でている紛れもない美少女を見やる。

……こういう時だけは本当に綺麗《きれい》なんだが。

「白玲《ハクレイ》も一緒に戻るんですか？」

「？　当然であろう？？　儂にこれ以上娘に嫌われろ、と言うのか、お前はっ⁉」

「いや、そうじゃなくてですね——ぶふっ」

「貴方にです。本人は朝が極端に弱いらしいので。……昨晩の借りは返しました」

いきなり、不機嫌そうな白玲《ハクレイ》が書簡を俺の顔面に叩きつけてきた。

静《シズカ》さんへ目配せすると頷《うなず》いてくれたので、恐々《こわごわ》書簡を開く。

『**誰よりも凛々《りり》しい隻影《セキエイ》様へ**

御義父《ちち》上様と義妹《いもうと》様の名誉を守っての入牢、おめでとうございますっ！

流石《さすが》は私の旦那様です。

細《ささ》やかですが、馬と旅支度を整えました。存分にお使いを。

……お見送りにいけないだろう、私をどうか、どうか！　御許しください。

昨日、当家の者が【西冬《セイトウ》】より戻りました。都に【玄《ゲン》】の軍はなかったようです。

ただ、御義父《とう》様へもお伝えしましたが、各物品の取引は異常な程活発であり、新兵器の試射も極秘裏に行われた模様です。御留意ください。

追伸
例の約束、努々《ゆめゆめ》御忘れなきよう。
次、御目にかかる時を楽しみにしています。剣と弓は見つけ次第、お届けします。

貴方《あなた》の未来の正妻　王明鈴《オウメイリン》』

一気に疲労感を覚え、肩を落とす。……あいつ、無駄な才能の使い方を。

白玲《ハクレイ》が俺の剣と短剣を差し出してきた。

「さ、出発しますよ。行きと違って帰りは馬。時間がかかるでしょう。……あの娘、一々

癇《かん》に障《さわ》りますが目は確かなようです。良い子達を選んでくれました。遅れないでください

ね？　競走に負けた方は、相手の言うことを何でも聞く、で」

状況の急転に俺は憮然《ぶぜん》とし、剣を腰に差した。楽し気な少女へ細やかな要求。

「……手加減を」「御断りします」

「はっはっはっ！　道中気を付けるのだぞ？　朝霞《アサカ》、二人を頼む。ああ──肝心なことを

忘れていた。隻影《セキエイ》」

「……何でしょう？」

背嚢《はいのう》を静《シズカ》さんから受け取り、鞍《くら》にくくりつけながら親父殿へ返す。

すると、満面の笑みになり、両肩を思いっきり叩《たた》かれた。

「よくぞ、よくぞ、白玲《ハクレイ》を守ってくれたっ！　儂はお前を心から誇りに思う！　それでこ

そ──儂の息子だ」

「…………っ」

不覚にも言葉がなくなり、熱いものがこみ上げて来る。

そうだった。この人は、今世の俺を拾ってくれた張泰嵐《チョウタイラン》は、こういう漢《おとこ》だった。

白玲《ハクレイ》に茶化される。

「顔――真っ赤ですよ？」

「……う、うっせぇっ！」

目を手で覆い、馬に跨《また》がり、首を撫でる。

臨京《リンケイ》から敬陽《ケイヨウ》までは、名馬を使っても七日間はかかるだろう。

俺は白玲《ハクレイ》と目を合わせ、別れの挨拶をする。

「では、親父殿《おやじどの》」「父上」

「敬陽《ケイヨウ》でお帰りをお待ちしますっ‼」

美髭《びし》をしごきながら、親父殿は鷹揚《おうよう》に頷いた。

「うむ。白玲《ハクレイ》、隻影《セキエイ》が無理無茶をせぬよう、監視を怠るな」

「お、親父殿⁉」「心得ています――やぁっ！」

俺が情けない声を発する中、白玲《ハクレイ》はいきなり馬を走らせた。朝霞《アサカ》もその後を追う。

汚い。張白玲《チョウハクレイ》、汚いっ！　ついでに、朝霞《アサカ》もズルいっ！

俺は頭を下げると、馬を走らせ、銀髪の少女の背を追った。

――西か。本当に何もなければ良いんだが。

第三章

「礼厳《ライゲン》様、おはようございます！」

「おう庭破《ティハ》、早いの」

敬陽《ケイヨウ》北方。大河を臨む地に築かれた『白鳳城《はくほうじょう》』。

その最も高い監視用櫓《やぐら》を登ってきたのは、我が殿――張泰嵐《チョウタイラン》様も期待をかけておられる遠縁の青年、庭破《ティハ》だった。

以前は少々自信が前に出過ぎていたが……若と出おうた故か、随分と謙虚になった。

あの御方は、不思議と周囲の者を前へ前へと進ませる。

……両親と従者達を襲った賊共の血に塗《まみ》れ、短剣を手に独り荒野で佇《たたず》んでいた幼き若の処分を強硬に叫んだ、我が眼力のなかったことよ。

朝の白霧に沈んでいる対岸へ視線を向け、庭破《ティハ》が緊張した面持ちで問うてきた。

「今朝も動きはないようですね」

「うむ」

すっかり白くなってしまった顎鬚《あごひげ》に触れながら頷く。

初陣《ういじん》を飾って早五十余年。

未《いま》だ衰えぬ視力を以《もっ》てしても、辛《かろ》うじて巨大な軍旗の影が見えるのみ。大陸を南北に分ける大河は海と見間違う程に巨大だ。

庭破《ティハ》が深刻そうな顔になり、問うてきた。

「張《チョウ》将軍は何時御戻りに？　都へ行かれて三ヶ月近くになります……」

「まだ、時がかかる。軍同士の演習は行われておるものの、皇帝陛下の閲兵もなされておらぬし、『和平派』の説得も難儀なのじゃろう」

この二十年間、帝国の柱石として前線を守り続けられた我が殿は、現在この地に不在。

三ヶ月前――白玲《ハクレイ》様と隻影《セキエイ》様が交戦した北西より来し騎兵を危険視された泰嵐《タイラン》様は、戦況報告と増援を請うべく、臨京《リンケイ》へ赴《こ》かれているのだ。庭破《ティハ》が兜《かぶと》の下で暗い顔を見せる。

「……都の連中は正気なのでしょうか？　奴《やつ》等と本当に和を結べると？？」

「この老人に、都のお偉い方々が考えていることなぞ分からん。だが……殿だけでなく、敬陽《ケイヨウ》に戻られた若も仰《おっしゃ》っておる。前線と臨京《リンケイ》とでは、見ている光景が異なるようじゃ」

「若様も……」

庭破《ティハ》の声色に畏怖が混じる。若がどういう存在なのか、理解しつつあるのだろう。

少しずつ白霧が晴れていく。

「若は真《まこと》不思議な御方よ。あの御歳《とし》で兵站《へいたん》の重要性を理解され、隠しようのない武才をも持ち合わせておられる。何《いず》れ必ず、白玲《ハクレイ》様と共に殿と『張《チョウ》家』を支えられよう。いや……もう支えられておるな。古参の兵達程、若の『価値』に気付いておる」

櫓の下では、味方の兵士達が忙《せわ》しなく動き回っている。

炊事場からは盛んに湯気。朝食の準備の為《ため》、竹炭で火を熾《おこ》しているのだ。

隻影《セキエイ》様は、世俗に疎《うと》い私とて知る大商家と直接交渉し、不足しがちであった糧食の安定供給を成し遂げられた。

『最前線で、兵達に毎日温かい飯を食べさせる努力を惜しまぬ将』

それがどれ程、貴重な存在かっ！

身に染《し》みて理解している古参の兵達は、殿と若の為ならば躊躇《ためら》わず命を捨てよう。

庭破《ティハ》が困ったように笑った。

「御本人は、地方の文官を志望されておられるようですが？　先に、張《チョウ》将軍が都行きを許可されたのも、その夢を諦めさせる為と耳にしました。書類仕事が不得手とか……」

我等の話に聞き耳を立てていた、櫓内の兵達が失笑。儂《わし》も庭破《ティハ》の肩を叩き、ニヤリ。

「その願いばかりは叶《かな》うまいよ。あれ程の武才ぞ？　第一――白玲《ハクレイ》様が絶対に御許しにならぬ。御嬢様は殿や若と戦場を駆けることを、幼い頃よりの念願にしておられるのだ」

若に足りぬものがあるとすれば、男女の機微であろうか……。

老い先短い身とすれば、とっとと縁を結んでいただきたいものだが。

椅子にかけておいた外套《がいとう》を羽織り、庭破《テイハ》に報告させる。

「玄《げん》の皇帝と『四狼《よんろう》』の居場所は分かったか？」

「残念ながら……。北方に放っている密偵の定時連絡がここ数日ありません。捕縛されたか、殺されたか、警戒が厳しいのか。隻影《セキエイ》様が交戦されたという『赤狼《せきろう》』と思しき将の居場所も未《いま》だ不明です。悪天候と砂嵐の為か、【西冬《セイトウ》】方面の情報も遅れがちで」

「……そうか」

都から戻られた若が地図を広げられていた姿を思い出す。

『親父殿の不在は何れ必ず敵方にバレる。その前に帰って来てくれれば良し。だが、その前に敵の皇帝が侵攻を決意したらどうする？　俺なら――』

そう言って示されたのは、紛れもない奇策であった。

――正しく天与の才。

死が充満せし地獄の戦場をたった一人で生き延び、多くの者から『鬼子である』と畏怖された、あの幼子がっ！

思えば、最初から命を助けるよう主張されたは白玲《ハクレイ》様だけであった。

不思議な縁――否！　これこそ運命なのであろう。

庭破《ティハ》が訝《いぶか》し気に問うてきた。

「……礼厳《ライゲン》様？　如何《いかが》されましたか？」

「いや……少しばかり昔を思い出しておった。殿が指示された、敬陽《ケイヨウ》西方の警戒線構築は完了しておるな？」

大河沿いの城砦《じょうさい》線は鉄壁だ。

敬陽《ケイヨウ》以東の渡河可能地点を守る各将も歴戦の猛者《もさ》揃《ぞろ》いであり、正面からの攻勢ならば、敵軍強大と謂《い》えど、対抗は十二分に可能であろう。

――だからこそ、敵皇帝アダイは違う策を用いる可能性がある。

泰嵐《タイラン》様はそう言い残され、後の書簡でも『西に気を付けよ』との念押しも届いている。

敬陽《ケイヨウ》西方にはなだらかな大平原が広がり、その先に位置するは交易国家【西冬《セイトウ》】。

北方の【玄《ゲン》】と国境を接しているとはいえ、その間には峻険《しゅんけん》な七曲山脈《ななまがりさんみゃく》と全ての生物を殺す白骨砂漠《はっこつさばく》が横たわる。

奴等の主力は騎兵。馬であの山脈と砂漠は越えられぬ。

三ヶ月前の斥候部隊ですら越える為に多くの人馬を喪《うしな》い、【西冬《セイトウ》】の警戒網により、困難極まる迂回を強いられた、との情報も得られている。

大規模な軍ではまず不可能。

そんな奇跡を成し遂げたのは……長い大陸の歴史を紐解《ひもと》いても、【双星】しかいないのだ。

庭破《ティハ》が鎧《よろい》を叩《たた》き、音を立てた。

「例の廃砦《とりで》を大改修致しまして、兵二百程を配置しております。隻影《セキエイ》様は『白銀城《はくぎんじょう》』と命名をしてくださいました！」

「ふむ……」

泰嵐《タイラン》様が戻られるまで、儂は最前線を離れられぬ。

老いたりとはいえ、『鬼礼厳《ライゲン》』の名は蛮族共の間にも知れ渡っておる。多少は侵攻を躊《ちゅう》躇《ちょ》しよう。

庭破《ティハ》の肩を叩き、命じる。

「すまぬが、一度確認してきてくれるか？　その後は敬陽《ケイヨウ》にいる若へ報告せよ」

「はっ！　……そう言えば、隻影《セキエイ》様から書簡が届いております」

「ほぉ？」

折り畳まれた紙片を受け取り、中身を読む。

『爺《じい》！　早く帰って来てくれ。俺が書類の山に埋もれる前にっ！　あと――白玲《ハクレイ》を止めてほしい！　毎朝、早駆けと武芸の鍛錬に付き合わされるんだよっ！！！！』

「ふふふ……」

自然と笑みが零《こぼ》れてしまう。

儂は妻と一人息子に先立たれ、庭破《ティハ》を除けば親族も殆《ほとん》どおらぬ。

――孫を持つというのは、このような気持ちであろうか。

中身を青年へ見せ、白髭《しらひげ》に触れる。

「若も苦労されているようじゃ。が――この礼厳《ライゲン》、歳を喰《く》っておる故、礼節を知っておる。白玲《ハクレイ》様の邪魔をするなぞ、到底出来かねるのぉ。若が文官を諦め、武官になられるのを決断されるのであれば考えても良いが」

「同意します。私も報告後、すぐに此方へ帰還を」

「うむ。頼んだぞ」

察した庭破《ティハ》と兵達も笑みを零す。若には苦労をしてもらわねばならぬ。

――近い将来、『張《チョウ》』の姓を名乗っていただく為に。

瞑目《めいもく》し、庭破《ティハ》へ提案する。

「夏が近いとはいえ、まだまだ冷える。中に入り、朝餉《あさげ》にするとしよう」

＊

「うぅ……終わらねぇ……終わらねぇよぉぉ………」

俺は呻《うめ》きながら、卓の上に広げた書類に筆を走らせる。

今日は気分転換も兼ねて、屋敷《やしき》の庭で作業をしているんだが、作業は遅々として進まず。

お昼過ぎの日差しは柔らかで眠気を誘う。

……寝たら、絶対に夜も作業しなきゃならなくなるが。

『隻影《セキエイ》確認』

わざわざ白玲《ハクレイ》が朱字で書いた木箱の中に、次々と運ばれて来る書類の山は堆《うずたか》く、凄《すさ》まじい重圧を俺に与えてくる。これでも、半分以上は他の文官達が処理してくれていて、『張《チョウ》家』に回されるのは最終判断が必要なものだけ、と聞いているんだが……。

「爺って、凄《すご》かったんだなぁ」

俺達が敬陽《ケイヨウ》に戻って三ヶ月。

親父《おやじ》殿の代理として、最前線に出張っている礼厳《ライゲン》は歴戦の勇将として知られているが、内政官としても練達だったのを思い知らされる。

文官も大変なんだな……。

溜《た》め息を零しつつ、次の書類に目を通していると――藁《わら》で作られた人形に矢が突き刺さった。胴体からは大きく外れている。

髪紐《ひも》で銀髪を結った白玲《ハクレイ》は少しだけ考えると次の矢を弓につがえ、普段通りの口調で話しかけてきた。

「そうですよ。知らなかったんですか？」

「聴いてたのかよ。でもまぁ……想像以上だった。もういい歳だし、戻ったら、もっと労《いた》わってやらないとなー」

俺は頭を掻《か》いて、猛省。

甘えるばっかりじゃなく、少しは成長したところも見せないと。爺が安心して隠居出来やしない。

王《オウ》家から届いた輸送報告書の末尾に筆で『張泰嵐代理《チョウタイラン》』と記し、白玲《ハクレイ》の箱へ返す。

念の為、二人で確認することにしているのだ。

「お前の分の書類はどうしたんだよ？　弓の練習なんかしてたら、終わらない――」

「午前の内に全部終えました。後は貴方《あなた》の分待ちです」

「な、んだと……？」

再び人形に矢が突き刺さった。今度も外れて腕に命中。

俺は筆を硯《すずり》の上に置き、わざとらしく悲嘆を零す。

「ば、馬鹿なっ！　嗚呼《ああ》……どうして、天は張白玲《チョウハクレイ》にとことん甘いのかっ！　容姿と武才だけじゃなく、書類仕事の才まであるだとっ⁉　くっ！　これは、厳重な抗議が必要な案件だ。けど……いったい、何処《どこ》に持ち込めばいいんだ⁉」

「戯言《たわごと》を言ってないで、手を動かしてください。何時まで経っても終わりませんよ？　自称、文官志望さん？」

「ぐぅ……」

正論で殴られ、俺は半泣きになりながら作業を再開した。

張白玲《チョウハクレイ》は王明鈴《オウメイリン》に匹敵する才女なのだ。

……悔しいような、誇らしいような。

三度人形に矢が突き刺さった。今度は肩口だ。署名しながら、論評する。

「珍しいな～。そんなに続けざまに中央から外すなんて。体調でも悪いのか？」

「…………」

銀髪の少女は何も言わず、弓を引き――放った。

矢は狙い違《たが》わず、人形の心臓ど真ん中を射貫いた。……おや？

とある事実に気付き、俺は名前を呼んだ。

「…………白玲《ハクレイ》さん？」

「どうかしましたか？」

しれっとした口調で答え、銀髪の美少女は弓を持ち歩いて来た。

後ろ髪の髪紐を取り、俺の前の椅子に腰かける。

何となく後ろめたい想《おも》いを覚え、書類に目を落とす。

「え、えーっと……もしかして、なんですけれども。ああ、いや。うん。気のせい」

「『敵軍の戦力を効果的に削ることを企図するのであれば、負傷者を増やすべし』――【双星】の一角、皇英峰《コウエイホウ》が盛んに訓示したとされる言葉でしたね。私の良く知る何処かの誰かさんも、訓練場、実戦問わず、同じような真似《まね》をしていたと記憶しています。……馬術も、私よりお上手なようなので、真似するのはそこまで変ではないと思いますが？」

「お、おお……そ、そうだな………」

俺はしどろもどろになり、視線を泳がせた。

今朝の馬術勝負で俺が勝ったのを、根に持っているらしい。

通算では白玲《ハクレイ》が勝ち越しているのに……負けず嫌いめっ！

困っていると、鳶《とび》茶髪を揺らしながら朝霞《アサカ》がやって来た。

「白玲《ハクレイ》様、そろそろよろしいでしょうか？」

「——ええ。準備してちょうだい」

「畏《かしこ》まりました♪」

「？　うん？？？」

会話の内容を理解出来ずにいると、他の女官達もやって来て、

「失礼致します」「一旦、御片づけをば」「隻影《セキエイ》様、どいてくださ〜い」

俺の卓の上があっという間に綺麗《きれい》になる。

並べられたのは、愛らしい花と鳥が描かれた白磁の茶器。

そして、同じ柄の碗《わん》と、胡麻《ごま》団子の載っている小皿が二つ。

食器は全部俺が白玲《ハクレイ》に都から送った物だ。今まで使っていなかったのに……。

怪訝《けげん》そうな視線を受けても、銀髪の美少女は眉一つ動かさず。

「喉が渇いたので。……貴方の分はありませんが」

「何でだよっ！」

「仕事を終えてない者に飲ませるお茶があると？」

「グギギ……こ、この女ぁ…………」

「冗談です。はい、どうぞ」

からかいながら白玲《ハクレイ》はお茶を碗に注ぎ、差し出してきた。軽く頭を下げ一口。

爽やかな香りにほっとし、気分が安らぐ。

上空では鳥がゆっくりと飛んでいる。いい天気だ。

目線を戻すと、白玲《ハクレイ》が綺麗な所作で胡麻団子を食べていた。

「……美味《うま》そうだな」

「美味《おい》しいです」

「……一つ恵んでくれ。甘味が恋しい」

「仕方ないですね」

普段通りの冷静な口調のまま、白玲《ハクレイ》は胡麻団子を小さな竹串でぶすり。

そして、そのまま俺の口元へ差し出してきた。思わずジト目。

「……オイ、張白玲《チョウハクレイ》？」

「食べたい、と言ったのは貴方です」

「くっ！」

冷静に返され、俺は二の句を喪《うしな》う。子供の頃ならいざ知らず……。

しかし、宝玉のような蒼眼《そうがん》には強い意志。こういう時の白玲《ハクレイ》は絶対に折れない。

柱の陰から、楽しそうに様子を窺《うかが》っている朝霞《アサカ》と女官達に気付きつつも、俺は諦めて口を開けた。即座に放り込まれた胡麻団子を味わう。

「お味は？」

「――……美味い」

「そう、ですか。――それは何よりでした」

ふわり、と微《かす》かに笑い、白玲《ハクレイ》は碗を手にする。やけに嬉《うれ》しそうだ。

……絵になるな。

俺は二個目を指で摘まんで、口に放り込む。

「胡麻の風味が違うな。より香ばしいような気がする」

「【西冬《セイトウ》】の品です。市内に最近出回っているようなので使ってみました。勿論《もちろん》、ちゃんとした商人から購入していますす」

「へぇ、珍しい――……」

何かが引っかかり、小首を傾《かし》げる。……今、俺は何に気が付きかけた？

地理的関係上、敬陽《ケイヨウ》には西冬の商人が臨京《リンケイ》以上に出入りしている。それでも、大半が国内で消費される彼の国の胡麻が入って来ることは稀《まれ》だ。明鈴《メイリン》ですら、入手出来なかった。

彼の国自体に目立った異変がないのは、こっちに帰ってから確認している。

中に【玄《ゲン》】の密偵もいたとしても、過剰に警戒しなくても良い筈《はず》……。

白玲《ハクレイ》が碗を卓へ置き、怪訝そうな顔。

「どうかしましたか？　変な顔をして。……何時《いつ》も変ですけど」

「最後の一文は余計だろっ⁉　ああ、いや……ちょっとな」

「話してください。聞いてあげます」

俺は言語化しようとし――匙《さじ》を投げる。頰を掻いて弁明。

「ん～……気持ちは有難《ありがた》いんだが、言葉に出来ない。なんか、こう……モヤモヤするんだけど、形にならなくてな」

「文官失格ですね。精進が足りません」

「酷《ひど》いっ！　張白玲《チョウハクレイ》、酷いっ‼　才能がなくても、必死になって頑張っている兄を労わる心がないっ‼」

「貴方を『兄』と思ったことなんて一度たりともない、と以前言いましたよね？　万歩ゆずって、私が『姉』ですが、『弟』にするつもりもないので、この議論は無価値です」

「………」

言い切られてしまい、俺はお茶を飲み干した。ちらり、と木箱を確認。

書簡の表紙には『王明鈴《オウメイリン》』と達筆な字で書かれている。頰杖《ほおづえ》をつき、呟《つぶや》く。

「気は乗らないが……明鈴《メイリン》に手紙を書くかぁ……。あいつなら、俺の違和感を言語化してくれるだろうからな。借りを作るのは怖いんだが……」

「………」

今まで上機嫌だった白玲《ハクレイ》の顔が無表情になった。肌が粟立《あわだ》ち、悟る。

――俺は龍の逆鱗《げきりん》に触れてしまったらしい。

おずおず、と名前を呼ぶ。

「白玲《ハクレイ》、さん……？」

「何でしょう？　居候《いそうろう》さん」

怖っ！　今の会話の中にそこまで怒る要素あったかっ!?　困惑しつつも尋ねる。

じゃないと過去の経験則からして、今晩俺の部屋へ来てもずっと無言で過ごした挙句、朝まで帰らない。

「え、えーっと……ど、どうして、そんなにお怒りに………？」

「怒ってなんかいません。目が腐っているんじゃないですか？」

「あ、はい……」

素晴らしく辛辣な物言い。同時に拗《す》ねの色も濃い。

次の言葉を待っていると、白玲《ハクレイ》は俯《うつむ》き小さく零《こぼ》した。

「――……理由」

「うん？」

小首を傾げると、少女は珍しく子供みたいに頰を膨らます。

そして、俺の碗に新しいお茶を注ぎながら、問うてきた。

「理由を教えてください。どうして、わざわざあの娘を頼るんですか？」

「あ～……単純な話だって」

俺は苦笑しながら、肩を竦《すく》めた。

茶碗を受け取り「ありがとう」と礼を言いながら、続ける。

「明鈴《メイリン》は天才だからだ。お前とは別方面の――な。恐ろしい量の文献を読んでいて博識だし、糧食の問題も結局解決してくれたのはあいつだった。それと、王《オウ》家の商売相手には、【玄《ゲン》】と取引のある異国の連中も含まれてる。何か摑《つか》んでいるかもしれない。親父《おやじ》殿に敬《ケイ》陽《ヨウ》を任されている以上、使えるもんは何でも使うさ」

「……なるほど」

不承不承といった様子ながら、白玲《ハクレイ》は頷《うなず》いた。

三個目の胡麻団子を摘み、冗談めかす。

「あと、いい加減返事を書かないとな。兵站《へいたん》を切られたくないだろ？」

「…………」

白玲《ハクレイ》が無言で口を開けた。俺は最後の胡麻団子を放り込む。

俺好みの味で美味かった。うちの女官達は優秀だ。

腕組みをして、重々しく銀髪の美少女が裁可。

「……いいでしょう。手紙を書くのを許可します」

「あ、ありがとう、ございます？」

重圧に負け、礼を言ってしまった。ふ、不覚……。

濡《ぬ》れた布で指と自分の口元を拭き、白玲《ハクレイ》が命令してくる。

「胡麻団子はたくさんあるので、もっと食べて頑張ってください。そして、夜までに必ず仕事を終えて、きちんと寝るように。私の瞳が蒼《あお》い内は夜更《よふ》かし禁止とします」

＊

その日の晩。

「──遅かったですね。居眠りでもしていましたか？」

普段よりもやや遅い入浴を終え自室に戻ると、長椅子に寝転がり、寛《くつろ》いだ様子で古書を読んでいた白玲《ハクレイ》が俺を迎えた。髪をおろし、淡い桃色の寝間着を着ている。

意味はないと諦念しつつも、あえて注意。

「……風呂《ふろ》でうたた寝しただけだ。それより、平然と俺の部屋で寛ぐなっ！　お前だって、もうすぐ十七になるんだぞ？」

「今更でしょう？　第一です」

「……何だよ」

俺は近くの椅子に腰かけ、足を組んだ。

すると、白玲《ハクレイ》も上半身を起こし、淡々と続きを口にする。口調とは裏腹に瞳は愉《たの》し気だ。

「過度に遠慮したら凹《へこ》むのは貴方《あなた》だと思います」

「――……そんなことは」

花と鳥が描かれている容器から茶碗に水を注ぎ、一口飲んで心を落ち着かせる。

二人で夜話をするのは十年以上続く習慣。

確かにいきなりなくなってしまったら――……想像してしまい、俺は黒髪を掻《か》き乱し、せめてもの抵抗で睨《にら》みつける。

「はぁ……ほんとっ！　可愛《かわい》くない御姫様めっ！」

「昼間、何処《どこ》かの居候さんは『容姿に優れ』と言っていました」

「…………うぅぅ」

勝てない。どう足掻《あが》いても勝てない。人の世とはかくも苛烈なものなのか？

俺、一応人生は二度目の筈なんだが。

よろよろと近くの戸棚へ向かい、都で手に入れた舶来物の角ばった硝子瓶《ガラスびん》と杯を取り出す。深い蒼色をしていて、気に入っている。白玲《ハクレイ》が興味深そうに聞いてきた。

「それは？」

「山桃の酒だ。敬陽《ケイヨウ》近郊で作っている奴《やつ》がいてな、去年、試作した物らしい。都に試飲用として送るところを、少し分けて貰《もら》った」

「？　ああ、父上の」

銀髪の美少女が得心する。親父殿は軍務だけでなく、産業振興にも熱心なのだ。

酒を作っているのは軍を退役した男で、今後は『都への販路も開拓していきたい』と意気込んでいた。手紙によると、試作品を送った明鈴《メイリン》の評価も上々だったようだ。

俺は硝子瓶を灯《あか》りに翳《かざ》し、白玲《ハクレイ》に確認する。

「ま、偶《たま》には良いだろ。飲んでみるか？」

「――はい」

少しそわそわした様子で銀髪少女は首肯。窓際の長椅子に腰かけ、瓶の栓を抜く。

白玲《ハクレイ》は複雑な図形が彫られた杯を手に取り、感想を口にした。

「綺麗《きれい》な硝子の杯ですね」

「明鈴《メイリン》がこの前送り付けて来た。西冬《セイトウ》より遥《はる》か西——大砂漠を越えた先にある異国の品らしい。あいつ、ああ見えて中々の目利《めき》きなんだ」

「……そうですか」

途端に声が冷たくなった。分かり易《やす》い。杯に山桃酒を注ぎながら、窘《たしな》める。

「あ～物に罪はないからな？」

「……分かっています。そこまで子供じゃありません」

白玲《ハクレイ》は唇を尖《とが》らせながらも、杯を手にした。

こういう仕草が子供っぽいんだが……言わぬが花だろう。俺も手に取り、

「都で奮闘する親父殿に」「前線で任務を果たしてくれている将兵達に」

「「乾杯！」」

杯を合わせると、カラン、と涼やかな音を奏《かな》でた。そのまま一口味わう。

一年熟成された甘さと、特徴的な香りが鼻を突き抜けた。

白玲《ハクレイ》は両手で杯を持ち、綺麗な瞳を丸くしている。

「………………」

「どうだ？」

そう言えば、こいつ、今まで酒を呑《の》んだことなかったんじゃ？

一口で酔いはしないだろうが……白玲《ハクレイ》が相好を崩す。

「――思ったよりも甘いんですね。とても飲み易いです」

表情に変化はない。親父殿も蟒蛇《うわばみ》みたいに強いし……大丈夫そうか？

俺は月が映った酒を飲み干し、ホッとする。

「そっか。作った奴も喜ぶな。あ、でも飲み過ぎるなよ？　案外と酔い易いらしい。同じ量の水も飲むように！」

「分かっていますぅ。子供扱いしないでください」

唇を尖らせ、白玲《ハクレイ》は一気に酒を飲み干した。

……心なしか、目がとろんとし、口調も幼くなってきたような？

それを見て、俺はゆっくりと立ち上がる。

銀髪少女は不思議そうな顔。

「何処へ行くんですかぁ？」

「調理場で水とつまみを取って来る。すぐ戻るから、大人しくしてろ。いいか？　独りで絶対に飲むなよ？」

「はぁい。はやく、帰って来てくださいねぇ」

白玲《ハクレイ》は左手を挙げ嬉《うれ》しそうに頷くと立ち上がり、寝台へと移動した。

そして、俺の枕を手に取ると当然のように抱きかかえ、顔を隠す。

——うん、もう手遅れかも。とっとと水を飲まそう。


「戻った——……うわ」

厨房《ちゅうぼう》で遭遇した家人や女官達にからかわれながらも、冷たい水とつまみを用意してもらい、急ぎ足で部屋に戻った俺は自分の判断が大きな誤りだったことを悟った。

硝子瓶の中身は既に半分程まで減っている。

白玲《ハクレイ》自身は長椅子の上で膝を曲げ、杯を両手で持ち、頬を膨らませている。

俺に気付き、思いっきり拗ねた口調。自分の隣を叩《たた》く。

「……おそかったですね。はやくすわってください」

「お、おお」

炒《い》った豆の載った小皿と水が入った陶器製の瓶を卓に置き、ぎこちなく隣へ座る。

途端、白玲《ハクレイ》が子供の頃のように寄りかかってきた。

甘い香り……。

「このお酒、おいしいです。また飲みたいです」

「……少しずつ作る量も増えてきているみたいだな。今度一緒に買いに行くか？　明鈴《メイリン》と静《シズカ》さんにも送ったんだが、絶賛してた。朝霞《アサカ》も」

どぎまぎしながら、話題を振る。こういう時、どう対処すれば良いのか書物に載っていないし、朧気《おぼろげ》な前世の記憶も役に立たない。

明鈴《メイリン》にはある程度、対応出来るんだがなぁ——白玲《ハクレイ》がジト目。

「……静《シズカ》さんと朝霞《アサカ》はともかく……またしても、王《オウ》家の娘の話ですか……」

蒼眼《そうがん》が心なしか濃くなった錯覚を覚える。怖い。

俺は瓶の栓を抜き、水を杯に注ぎながら敢《あ》えて聞く。

「白玲《ハクレイ》さん。もしや……酔って」「酔ってません。私はいつも通りです——隻影《セキエイ》」

「は、はい」

不覚にも声が裏返った。へ、下手な戦場よりも圧力を感じるんだが……？

白玲《ハクレイ》が俺の黒髪に触れながら、宝石みたいに綺麗な瞳で見つめてくる。

「私は貴方のなんですか？」

「……へっ？」

俺は目をパチクリ。

──『何』か？

そう言われても、答えに詰まってしまう。

幼馴染《おさななじみ》？　妹？　家族？　命の恩人？　どれもこれも全部当てはまる。

当てはまるけれど──白玲《ハクレイ》が俺の胸に頭を押し付けてきた。

「……半年間も勝手に都へ行って、手紙の返事もあんまり書いてくれなくて……私、独りで寂しかったのに…………贈り物はとっても嬉しかったですけど…………」

「……悪かったって」

幼かった頃──我慢の限界に達すると時折暴発して、こうやって全て吐き出してきたのを思い出す。

白玲《ハクレイ》が頬を大きく膨らませ、上目遣い。

「信じられません。……だって、貴方は王《オウ》の家の娘ばかりを褒めます。絶賛です。私、あんな風に褒められたことありません。これは由々しき仕儀です。断固抗議します。貴方は、もっと私を褒めるべきです。そうです」

頬を掻き、視線を逸《そ》らす。

普段は怜悧《れいり》さすら滲《にじ》ませる美少女なのに……こういう時だけ、歳《とし》相応の可愛らしさを出してくるのは反則だと思う。

「……褒めてないか？」

「褒められていません。……昼間のお茶菓子だって、きちんと褒めてくれませんでした」

「お茶菓子？」

本気で分からず、聞き返す。

すると、白玲《ハクレイ》は胸に押し付けていた頭を、自分で動かした。

「…………バカ。鈍感。美味《おい》しく食べてくれたのは嬉しいです。とっても、とっても嬉しいです。でも、言葉にもしてほしいんです」

あの胡麻《ごま》団子は白玲《ハクレイ》が作ってくれた物だったらしい。

何でも出来るが、料理だけは出来なかった、あの張白玲《チョウハクレイ》が！

驚きながらも純粋に嬉しくなってしまい、少女の背中を数度軽くぽん。幼名で呼ぶ。

「雪姫《ユキヒメ》は我が儘《まま》だなぁ」

「貴方にだけです。……嫌ならもう言いません。拗《す》ねますけど」

「拗ねるのかよっ！」

苦笑しながら、やや乱れた長い銀髪を手で梳《す》く。

くすぐったそうに身をよじりながら、白玲《ハクレイ》は呟《つぶや》いた。

「……隻影《セキエイ》は意地悪です。虐《いじ》めっ子です。可愛《かわい》いって、真正面からは言ってくれません。

私は何時《いつ》も、何時だって褒めてるのに……」

「いや、褒められてはいない――……白玲《ハクレイ》？　おい？？」

「――♪」

少女は目を瞑《つぶ》り、そのままの体勢ですやすやと寝始めた。

肢体の柔らかさと温かさ。ほんの軽く背中を擦《さす》ると、幸せそうな幼い笑み。

寝顔だけは昔と変わらない。

「……酒は当分禁止だな」

俺は白玲《ハクレイ》を抱きかかえ、立ち上がった。

部屋まで運んで――少女がとろんとした目を開けたので、言い聞かせる。

「今晩はお開きだ」

「う～」

「こ、こら、暴れんなっ」

腕の中でジタバタ、と暴れるので、近くの寝台へ降ろすと、こてんと寝転がった。

夜具に潜り込み、目元だけ出して一言。

「――……今夜はここでねます」

「……お前なぁ」

手を伸ばし起こそうとすると、幼い時、俺と喧嘩《けんか》した後に決まって見せた甘えの目線。

半分以上寝そうになりながら、舌足らずの口調で訴えてくる。

「むかしはずっといっしょでした。私はせきえいとずっといっしょがいいです」

「………ったく」

俺は説得を断念。

『甘い……甘過ぎますっ！　私にもその甘さをっ‼』

脳裏の王明鈴《オウメイリン》が地団駄を踏むも――灯《あか》りを消す。

そのまま寝台に寝転がると、幼馴染の少女は手を伸ばし俺の頰に触れてきた。

そして、心底嬉しそうに顔を綻ばす。

「……えへへ。おやすみなさい、せきえい」

「おやすみ、白玲《ハクレイ》」

安心したのか、すぐに健やかな寝息が聞こえてきたので、夜具をかけてやる。

親父《おやじ》殿や爺《じい》の代わりなんて、俺達にはまだ到底出来ない。大分無理をしていたようだ。

今晩くらい甘やかしても罰は当たらないだろう。問題は。

「……俺、今夜寝られるのか？」

独白が闇に消えていく。

窓から見える満月を眺め、俺はそれでも目を閉じた。


――温かい。

そして、柔らかい。寝台って柔らかかったっけ……？

鳥の鳴き声が微《かす》かに聞こえる。もう、朝か。

微睡《まどろみ》の中、俺は目を開け――一気に意識を覚醒させた。

目の前に飛び込んで来たのは、あどけない張白玲《チョウハクレイ》の寝顔。

俺の右手にしがみつき、すやすやと眠っている。……いつの間に。

寝る時、端に寄ったんだが。いや、それよりも何よりも、早く脱出しないとっ！

起こさないよう慎重に腕を引き抜こうとするも――動かない。こ、こいつ、関節をっ⁉

そうこうしている内に、美少女の瞳がゆっくりと開き、ふにゃふにゃな顔を向けてきた。

「お、おはよう」

「……？　おはよぉございます……」

駄目だ。まだ殆《ほとん》ど寝てやがる。

どうすれば……軽やかな足音がし、鳶《とび》茶髪と女官服を揺らしながら、朝霞《アサカ》が入って来た。

「隻影《セキエイ》様、おはようござい——……まぁ。まぁまぁ。まぁまぁまぁ♪　大変失礼致しました。朝食は御部屋にお運び致しますね～☆」

俺達の様子を見た途端、すぐさま踵《きびす》を返し、軽やかに戻って行く。ま、まずいっ！

「ま、待てっ！　誤解だっ‼　白玲《ハクレイ》、お前からも何とか言って——うおっ」

「……五月蝿《うるさ》いです……あたま、いたい……」

呼び止め、上半身を起こそうとすると白玲《ハクレイ》に腕を引っ張られ、俺は寝台に転がった。

まだ、昨日の酔いが残っていそうな銀髪の美少女はむすっ。

「……私はもう少し寝ます。貴方《あなた》もそうしてください」

「……はい」

俺は即座に全面降伏を選択した。勝ちの目が見えない。

すると、白玲《ハクレイ》は満足気な表情になり、俺の右腕を抱えると目を瞑った。

ほんと、こいつには敵《かな》わない。

安堵《あんど》しきった様子で眠り始めた少女の銀髪に触れ、俺自身も目を閉じる。

——今だけは、どうか平穏無事でありますように。

＊

普段よりも大分遅い朝食を食べ終えると、俺は今日も書類の山と格闘を始めた。

黒い雲が広がり、雨が降り始めたので、場所は屋敷《やしき》内だ。

戻って以来の日常風景——なのだが。

「…………」

隣の席に座り、銀髪をおろしたままの白玲《ハクレイ》は起きて以降、俺と一度たりとも目を合わせようとしていない。

書類自体は次々と処理し、山を崩していくものの……く、空気が、空気が重いっ。

「あ～、は、白玲《ハクレイ》さん……？」

俺は耐え切れず、おずおず、と美少女の名前を呼んだ。

すると、ピタリ、と筆が停止。

錆《さ》びついた金属を思わせる動きで、顔を向けてくる。

「——何ですか？」

「いや、その……」

「用がないなら話しかけないでください」

「……はい」

取り付く島もない。

原因は……酔っぱらった挙句、昨晩俺の部屋で寝てしまったことを後悔して、だろう。

冷静に考えてみれば白玲《ハクレイ》も年頃。世間ではもう結婚している者だっている。

……無理矢理にでも、部屋に運ぶべきだったか。

雨の庭を眺め、後悔していると、朝霞《アサカ》が木箱に積まれている追加の書類を運んで来た。

「隻影《セキエイ》様、お気になさらず！　白玲《ハクレイ》様はただ、『恥ずかしいところを見せちゃった……どうしよう。幻滅されてないかな？』とあたふたされているだけですので♪」

突如として、新たな火種が投下された。

俺は震えながら、隣を見て——激しく後悔。

長い銀髪の少女は、それはそれは美しい笑みを浮かべていた。

「……朝霞《アサカ》？」

「私、まだ御仕事がありますので、失礼致します～♪」

「え？　お、おいっ⁉」

後始末もせず、鳶《とび》茶髪の女官は軽快な足取りで部屋を出て行った。

か、確信犯、確信犯だっ！

俺は必死に違う話題を考えるも何も出て来ず、意を決して口を開いた。

「……あのさ」

「……何か？」

白玲《ハクレイ》が『射殺さん！』とばかりに鋭い視線をぶつけてくる。

ただ、そこに怒りは殆どなく、あるのは照れと羞恥。

頰を掻《か》き、目線を逸《そ》らして助言しておく。

「俺とは良いけど……人前で酒を吞《の》むのは今度から止《や》めよう。な？」

瞬間、白玲《ハクレイ》の頰が桃のように薄《う》っすら赤く染まった。

両頰に手で触れ、恨めしそうに反論してくる。

「お、お酒を吞むのは、き、昨日が初めてで……ち、ちょっと油断しただけです。だいたい、貴方が私の部屋まで運んでくれれば――」

「拒否されました。張白玲《チョウハクレイ》様に」

「う、嘘《うそ》です！」

本気で覚えていないようだ。じっと目を見つめ、大きく頭を振る。

「……残念だが」

「……うぅ……」

耐え切れなくなった白玲《ハクレイ》は頭を抱え、卓に突っ伏す。

普段、冷静沈着で『氷雪の如《ごと》し』と、家中の人間達に称賛されていることを思えば、珍しい姿だ。親父殿へ書く手紙のネタが一つ増えた。

外の柱の陰から、俺達の様子を少しだけ心配そうに観《み》ている朝霞《アサカ》へ手で合図。

すると女官は幾度も頷《うなず》き、今度こそ下がっていった。白玲《ハクレイ》はとても愛されているのだ。

俺は嬉《うれ》しくなり、未《ま》だ頭を抱えている少女を諭す。

「ま――偶《たま》にはいいだろ。完全無欠よりも、隙があった方が絶対に可愛がられるぞ？」

「あ、貴方と一緒にしないでくださいっ！　私にだって、体面というものが……ただでさえ、からかわれているのに」

「うん？」

ぶすっとしながら俯《うつむ》き洩《も》らした言葉を聞き逃してしまった。

白玲《ハクレイ》は書類に筆を走らせ、早口で俺を詰問《きつもん》。

「……何でもありません。忘れてください。ああ、そうでした。大丈夫だとは思いますけど、昨日の晩、私は変なこと言っていませんよね？」

「――……言ってない」

咄嗟《とっさ》に視線を逸らす。何処《どこ》からだ？　何処から、覚えていない？？

白玲《ハクレイ》が椅子を動かし、俺の椅子とくっつけ、顔を近づけてきた。

「……どうして目を逸らしたんですか？　今なら許してあげます。本当に――本当に、変なことは言っていませんね？」

……最早《もはや》これまでか。

俺は両手を軽く挙げ、要求を呑む。

「言ってない、言ってない。俺の胸に頭を押し付けてきたのは覚えてるんだろ？」

「⁉　胸に――……」

再び白玲《ハクレイ》の顔が真っ赤に染まり「えっと……あの、その………」とあたふた。

ば、馬鹿なっ！　ほ、ほぼ最初の段階で記憶がないだと⁉

俺が呆気《あっけ》に取られる中、少女は立ち上がって背中を向け、深呼吸を繰り返す。

その都度、後ろ髪の髪紐《ひも》が上下する。

薄っすらと首筋と耳を赤くしながらも、平静を装《よそお》い白玲《ハクレイ》が振り返った。

「――……詳しく話してもらう必要があるようですね。今からじっくり、と！」

「お、横暴では？」「当然の権利の行使です」

つかつかと近寄り、両腰に手を置きながら少女は俺を見下ろした。

瞳には不退転の強い意思。

……は、話せと？　俺に散々甘えてきた張白玲《チョウハクレイ》の話を⁉

敬陽《ケイヨウ》の防壁強化案に『賛同』の署名をしながら、必死に打開案を考えるも——何も出て来ない。こういう時、朧気《おぼろげ》な前世の記憶はまるで役立たずだ。

白玲《ハクレイ》が冷たく俺の名を呼ぶ。

「隻影《セキエイ》」

「こ、後悔しても知らない——……待った。何か聞こえないか？」

「？——……そうですね」

顔を見合わせ、甕《かめ》に差しておいた傘を手に取って、二人して小雨《こさめ》のちらつく庭へと出る。

確かに聞こえる。

「馬の駆ける音？」

敬陽《ケイヨウ》に限らず、栄《エイ》帝国では、都市の区画内で馬を走らせることは禁止されている。

許されているのは、火急の——そう、敵軍の侵攻があった場合のみ。

傘の下で白玲《ハクレイ》が俺の左袖を掴《つか》み、身体《からだ》を寄せて来た。

やがて、馬の嘶《いなな》きが響き渡り、屋敷内が一気に騒がしくなる。

凄《すご》い速さで廊下を駆け抜け庭へやって来たのは、書簡を持った朝霞《アサカ》だった。

普段は飄々《ひょうひょう》としているのだが、顔が蒼《あお》い。

「隻影《セキエイ》様っ！　白玲《ハクレイ》様っ！　い、一大事でございますっ！」

「落ち着きなさい、朝霞《アサカ》」

自分付き女官の慌てぶりを見て冷静さを取り戻したのだろう、白玲《ハクレイ》が声をかける。

朝霞は、はっと片膝をついた。

「……失礼致しました。隻影《セキエイ》様、此方《こちら》に御目通しを。敬陽《ケイヨウ》西方の【白銀城《はくぎんじょう》】に出向かれていた庭破《ティハ》様よりの書状となります」

「出城から？」

受け取り、手早く書状に目を通す。

文字は乱れ、一部は血で滲《にじ》んでいる。

『【白銀城】、赤装の騎兵多数に包囲』

『軍旗及び赤で統一された軍装からして、玄《ゲン》帝国が『四狼《よんろう》』の一人――『赤狼《せきろう》』グエンが指揮しているものと思われる』

『急ぎ、敬陽《ケイヨウ》の防備を固められたし。当方への救援不要』

「っ……！」

白玲《ハクレイ》が息を呑み、口元を押さえた。……あの馬鹿っ。

俺の左腕を痛いくらいに握り、銀髪の少女が言葉を振り絞る。

「大規模な敵軍の来襲を許した!? あそこに詰めている味方は精々二百程度だった筈《はず》です。大軍を相手にすれば……このままじゃ！」

「みたいだな……ったく」

――庭破《テイハ》の書いてきた内容は正しい。

少数の守備兵の為《ため》に救援を出し、圧倒的な敵軍に敗北したら目も当てられない。

親父《おやじ》殿は最精鋭と未《いま》だ臨京《リンケイ》。軍主力は礼厳《ライゲン》に率いられ大河。

大陸を南北に貫く大運河の中心点で、栄《エイ》帝国最重要拠点である敬陽《ケイヨウ》は要塞線で守られてきたが故に大兵力は置かれていない。

他都市と同じく四方を城壁に囲まれているとはいえ、すぐに動かせるのは精々三千だ。

一兵たりとも無駄にする余裕はない。此処《ここ》が落ちれば、臨京《リンケイ》への直撃もあり得る。

大の虫を生かす為に小の虫を殺す。王英風《オウエイフウ》ならばそうするだろう。

……だが。

俺は傘を白玲《ハクレイ》に押し付け、部屋へと戻る。

「隻影《セキエイ》？」「隻影《セキエイ》様？」

二人の気配を背に感じつつ、明鈴《メイリン》が送って来た剣を腰に提げ、弓を手に取る。

そして、振り返ると何でもないかのように二人へ告げた。

「俺が救援へ向かう。弓を持って来て貰《もら》うぞ。白玲《ハクレイ》、お前は籠城《ろうじょう》の準備を――」

「私も行きます。弓を持って来て」「は、はいっ！」

少女は即断し、自分付きの女官へ命令。

慌ただしく朝霞が部屋を出て行った後――俺はあえて厳しい視線を向けた。

「……おい」

「私も行きます。文官志望な貴方《あなた》の背中を守るのは、私しかいないでしょう？」

断固とした口調。

……駄目だ。たとえ百年議論をしても、白玲《ハクレイ》は折れないだろう。

俺は瞑目《めいもく》し、自分の考えを話し始める。

「――前線の爺《じい》にすぐ伝令を出す必要がある。内容は」『今は動くな』」

白玲《ハクレイ》が言葉を引き取ったので、頷く。

前回と異なり、敵の大軍が突如として現れる。……これだけで済むわけがない。

「状況確認次第、都に早馬を出す。敬陽《ケイヨウ》内にいる、戦えない者、兵卒でない女、子供、老人の避難を各文官に出すよう指示もしないとならない」

「前線から兵を戻さなくて良いんですか？　礼厳《ライゲン》ならすぐに」

「駄目だ」

俺は断言し、白玲《ハクレイ》と廊下へと出て、厩舎《きゅうしゃ》へ歩き始めた。

——おそらくは、それこそが敵の狙い。

玄《ゲン》皇帝アダイの人となりは親父殿や爺に聞いているし、戦歴も可能な限り調べてある。

彼《か》の者、悪逆非道なれど——恐るべき知あり。

そういう相手が兵を動かす。

俺は張白玲《チョウハクレイ》に教える。

「奴等《やつ》がこうやって侵入を果たしたのはこれで二度目だ。そんな奴が、だ。何の策もなしで来ると思うか？」

「………」

何れ《いず》は親父殿すらも超えるかもしれない、銀髪蒼眼《そうがん》の少女が考え込む。

——十六、か。

絶対に死なせるわけにはいかないな。密《ひそ》かに決意を固めつつ、説明を続ける。

「一度目は瀬踏み。二度目の今回が本番。いや、噂《うわさ》に聞く『赤槍騎《せきそうき》』全部隊が投入されている、と見るべきだ」

「っ！」

白玲《ハクレイ》が整った顔を強張らせた。

現在、張家軍《ちょうかぐん》の主力三万は大河に築かれた『白鳳城《はくほうじょう》』に張り付いている。

……その軍が動けない情勢となれば。

廊下で待っていた女官達に「隻影様《セキエイ》、白玲様《ハクレイ》！」と呼び止められ、矢筒と軽鎧《けいがい》を受け取り、歩きながら準備を進めていく。

「奴等の目的は敬陽《ケイヨウ》の奪取。そして、前線に籠る軍主力の包囲殲滅《せんめつ》だ。『白鳳城』から兵を抜けば、即座に大河を越えての大侵攻が始まるだろう。……親父殿はこれを懸念《けねん》されて、増援を欲《ほっ》していた」

「じゃあ……どうするんですか？」

厩舎に到着すると、馬には鐙《あぶみ》が載せられていた。

古参兵達が『お急ぎを！』と目で合図し、馬を連れて外へ出て行く。

緊急時でも細部に伝達が行き届いている。張《チョウ》家に仕えてくれている者達は有能だ。

白玲《ハクレイ》へ向き直り、左手を挙げる。

「決まってるだろ？　戦うさ。粘っていれば、天下無敵の張泰嵐《チョウタイラン》が精鋭を引き連れて都から戻って来る。そしたら――俺達の勝ちだ！」

銀髪の少女は矢筒を腰につけ、弓を握り締めた。

「理解しました。そういうことなら、ますます貴方を一人で救援に行かせるわけにはいきません。……たとえ」

真っすぐな視線が俺を貫く。

「貴方が父上よりも強くてもです」


思わず、動きが止まる。

これから行くのは紛れもなく死戦場。

にも拘《かか》わらず、普段と変わらぬ表情のまま、少女が指を殊更ゆっくり折っていく。

「白玲《ハクレイ》……」

「貴方は鈍感で、意地悪で、自称文官志望なのに仕事も遅くて、私にお酒を飲ませることで醜態を晒《さら》させて、お嫁に行けないようにする悪人で、しかも、性格が悪い上に、私よりも胸の大きな年上幼女を都で引っかけるようなろくでなしですけど」

「……おい。冤罪《えんざい》だらけだぞ？」

顔を顰め抗議する。あんまりな言い草だ。

対して、白玲《ハクレイ》は花が咲いたかのような満面の笑みを浮かべた。

「でも——十年間ずっと一緒にいました。私が貴方の『背中を守りたい』と思うのは、極々自然な話だとは思いませんか？」

……参った。こんなことを言わせて連れて行かないわけにはいかない。

ふと、英風《エイフウ》を思い出す。

今世でも、俺の背中を預けられる奴が出て来るなんて不思議な話だ。まぁ、あいつは戦場に出て来はしなかったが。

そこまで考え、俺は白玲《ハクレイ》に肩を竦《すく》めた。

準備を万端にして外へ。

雨の中、整列している兵達の前で俺と白玲《ハクレイ》は馬に飛び乗った。

銀髪の美少女に顰め面《つら》。

「……困った御姫様めっ！」

「そうですよ？　知っているでしょう？　他の誰よりも」

主《あるじ》の言葉に、白玲《ハクレイ》の愛馬『月影《げつえい》』も同意するかのように嘶いた。

「ったく。――今から、『白銀城』の死にたがり共を助けに行くぞっ！　俺と白玲《ハクレイ》の背中に遅れず着いて来いっ‼」

『オオオオオオっ！！！！！！！！！！！』

五百の騎兵は一斉に武器を抜き放ち、天へ向かって咆哮《ほうこう》した。

俺は白玲《ハクレイ》と目を合わせ、頷《うなず》き合う。

――まずは安易な玉砕を止める。

何せ、地獄の扉はまだ開いてもいないのだから。

＊

「全騎止まれ！　敵に気取られる。旗も倒せ」

敬陽《ケイヨウ》西方。雨に濡《ぬ》れた大平原。

『白銀城』を遥《はる》かに望む小さな丘の上で俺は部隊を停止させた。

時刻は既に夕刻近く。雨は未《いま》だに降り続いている。

騎兵だけでなく、多数の歩兵を含む赤い軍装の敵軍は城を包囲中だが、攻撃を一時的に停止しているようだ。無数の敵兵に囲まれている元廃砦《とりで》は、雨に濡れた黒い地面と相まって、まるで血に染まった湖に浮かぶ小島に見える。

目を細め、翻《ひるがえ》っている軍旗に俺は目を凝らした。

「金糸に縁どられ、中央には狼《おおかみ》……『赤狼《せきろう》』だな」

味方がざわつく。「おい……」「見える、か？」「無理言うな。旗は見えるが……」「この距離で⁉」「若って文官志望なんじゃ？」左手を挙げ、制する。

俺の隣にいる白玲《ハクレイ》が唇を噛《か》み締め、呟《つぶや》いた。

「……あれが『赤槍騎』。数は約三千程なので、先行偵察部隊でしょう。本隊は定石通りならまだ後方だと思います。でも……少数ならともかく、これだけの数をどうやって？【西冬《セイトウ》】の警戒網を潜《くぐ》り抜けられるとは……」

「ここまできたら、一つしかないだろ」

俺は皆にも聞かせるよう、吐き捨てた。

……切れ者は何時《いつ》の時代も厄介極まる。

「【西冬】が裏切ったんだ。……市内に出回る品が増えた段階で気付くべきだった。【玄《ゲン》】じゃなく、彼の国の人間が積極的に情報を収集していやがったみたいだな。こっちの戦力と配置までバレてるぞ」

『っ⁉』

双眸《そうぼう》を見開き白玲《ハクレイ》が絶句。兵達の動揺も伝わってくる。

百年近い友邦国だった【西冬《セイトウ》】は、今や敵方についた。

今後、栄《エイ》帝国は北と西の二方面を気にしなければならない。

弓を強く握り締めながら、首を振り、雨に濡れる銀髪の少女は顔を歪《ゆが》めた。

「そんな……峻険《しゅんけん》な七曲山脈を騎兵で越えるなんて……」

「やれるさ。煌《トウ》帝国の時代でもあったんだ、あの時は象も連れてたな……」

微《かす》かに残る記憶を探り、俺は独白した。古参兵の一人が笑いながら、口を挟んでくる。

「若！　まるで、見てきたように言いやすねっ‼」

控え目な失笑が広がり、雨露が散った。片目を瞑《つぶ》り、わざとらしく言い訳する。

「……すまん。書物の読み過ぎだ。ほら？　何しろ俺は文官志望だからな」

皆の顔から適度に緊張が抜け『また言ってるよ、この人は』という表情になる。

強大な敵兵を前にしても士気は揺るがず。

流石《さすが》は親父《おやじ》殿が育て上げた『張家軍』。

古参兵を中心に編成されていることもあり、肝も据わっている。心強い。

白玲《ハクレイ》と目を合わせ、俺は左手を掲げた。

「総員傾注」

視線が集中する中、兵達を見渡し、作戦案を伝達する。

「まずは俺が敵陣を突き崩す。お前達は白玲《ハクレイ》の指揮で白銀城《はくぎんじょう》の連中を救援。敬陽《ケイヨウ》へ帰還しろ。一人も見捨てるな。負傷者もだ」

大声こそ出ないものの、はっきりとしたざわつき。

が──反対意見は出てこない。

敵は名高い『赤槍騎』約千に援護の歩兵が二千。対する味方は騎兵五百。

数的劣勢を覆《くつがえ》す為《ため》には、尋常な方法では不可能なことを理解し、この場においては指揮官である俺を信じる他はないと経験上知っているのだ。

戦場では奇妙な出来事も起こるが、『数』という要素はそれを粉砕する力を持っている。

俺も十の内三は死ぬかもしれないが……七は生き残る。悪くない賭けだ。

白玲《ハクレイ》が白馬を近づけ、睨《にら》んできた。

「……隻影《セキエイ》？」

俺は頭を振り、断固とした口調で告げる。

「議論は後だ。俺とお前が二人して突撃したら、指揮官がいなくなる。俺は張《チョウ》家の居候《いそうろう》。こういう時くらいは格好つけないとな。途中までだが、背中は任せた！　救援が完了したら、鏑矢《かぶらや》で報《しら》せてくれ　……死んだら、許せ。お前は絶対に生きろ」

「……了解しました。死んだら、許しません。絶対に許しません。その時は私も死にます」

「っ！」

刹那睨み合い、兵達の目を気にしてお互い目を逸《そ》らす。

……死ねなくなった、か。

兵士達はニヤニヤと妙に楽しそうだ。両頬を叩《たた》き、自分に気合を入れる。

雨が止《や》んだ。

「良しっ！　それじゃ――」

弓に矢をつがえ、引き絞る。

射程外だが……明鈴《メイリン》の送ってきてくれた強弓ならばっ！

目を閉じ、集中して放つ。

――夕陽《ゆうひ》の中、城を囲む敵の軍旗がへし折れるのがはっきり見えた。

『！？！！』

敵軍が大きな声を出したのが風に乗り、微かに聞こえてくる。

俺は弓を頭上に掲げ、叫んだ。


「**突撃開始っ！！！！！**」


全軍の先頭で馬を走らせ、矢を全力で速射。

敵の弓の射程外から、手当たり次第に敵兵を射倒していく。

「若っ⁉」「う、嘘《うそ》だろう、おい……」「ガハハっ、俺は気付いてたぜっ！」「と、とんでもねぇ！　とんでもねぇよっ！」馬の疾走音と共に、味方の驚きと歓声が轟《とどろ》く。

急速に距離が縮まる中、俺は部隊の混乱を収めようとしている指揮官らしき敵騎兵に狙いを定め——放つ前に別の矢が突き刺さった。

敵指揮官が肩を押さえ、落馬する。

俺は見事な腕前を披露した白玲《ハクレイ》を本気で称賛。

「やるなっ！」「当然、ですっ！」

二人で先頭を駆けつつ、容赦なく矢を浴びせ、次々と敵騎兵を落馬させていく。

はっきり敵軍が怯《ひる》むのが分かった。

「我等も若と白玲《ハクレイ》様に続けっ！」

『応っ！』

古参兵の命で、射程内に入った騎射が出来る味方も射撃を開始。

対して此処《ここ》まで混乱していた敵軍だったが……盾を集めて負傷者を救護し、歩兵は槍《やり》を構えて戦列を組み、騎兵も集結していく。心理的奇襲を受けた後の立ち直りが早い。

加えて……玄《ゲン》の騎兵は全騎が騎射をしてくる、と爺《じい》が言っていた。

真正面の射《う》ち合いは不利だ。

俺は矢を三本持ちにし、更に速射。一時的に敵弓騎兵を釘付《くぎづ》けにし、叫んだ。

「白玲《ハクレイ》っ！　今だ‼　行けっ‼」

「隻影《セキエイ》っ！　でも……私は貴方《あなた》をっ！」

声には強い逡巡《しゅんじゅん》。

張《チョウ》家の人間として、味方を見捨てることは出来ない。

だが、指揮官である白玲《ハクレイ》がいなければ部隊が崩壊してしまう。

この場で俺が命を賭《と》す必要があるのだ。

すると、俺達の後方を走っていた四騎が前方に進み出た。

全員が古参兵。それぞれ、大剣、槍、戟《ほこ》、大槌《おおづち》を持っている。

「白玲《ハクレイ》様っ！」「我等、若の護衛に」「張《チョウ》将軍には命を救ってもらいやした」「ガハハ！　恩義、御返し致す所存っ！」口々に志願してくる。

「おいっ！　馬鹿野郎共、止《や》めろっ！　行くのは俺だけで──」

弓を担《かつ》いで腰の剣を抜き放ち、止めようとするも、

「有難《ありがと》う……お願いっ！　皆、城へっ‼」

『お任せをっ！！！！』『はっ！』

白玲《ハクレイ》が先に頭を下げ、残りの部隊を見事にまとめ、城へと再突撃を開始した。

敵の混乱が広がり、城に籠る味方からも矢が降り注ぐ。

一時的に出来た戦場の空白で俺は馬の勢いを弱め、古参兵達へ舌打ち。

「……お前等なぁ……」

「駄目ですよ」「貴方様が死んだら、御嬢様が泣かれましょう」「飯の恩は返さねぇと」

「ガハハ！　我等、礼厳《ライゲン》様に言い含められておる故っ‼」

古参兵達はそう言って笑みを零《こぼ》し、それぞれの武器を握り締め、鎧《よろい》を叩いた。

『我等──隻影《セキエイ》様の盾となり死ぬ所存っ！　地獄への同行、御許しをっ！！！！』

……嗚呼《ああ》。前世でもそうだったな。どうして、そんなに好き好んで死にたがるのか。

黒髪を乱暴に掻《か》き乱し、剣の刃を返す。

白刃《はくじん》が夕陽を反射し、血を吸ったかのように紅《あか》く染まった。

「爺の差し金か……これだから、古強者《ふるつわもの》ってのはっ！」

「褒めておいででした」「白玲《ハクレイ》様には貴方様が必要だと」「張《チョウ》将軍や若みたいな人に死なれると、下《した》っ端《ぱ》が苦労するんでさ」「ガハハっ！　新たな英雄の誕生、この目で見届けたくっ‼」

……馬鹿共がっ！

俺は剣や槍を構え突撃して来る、数十騎の敵兵へ剣の切っ先を向けた。

「仕方ねぇなぁ。お前等遅れるなよ？　全力で着いて来いっ！　だが——死ぬのは絶対に許さんっ‼　生きて、俺と一緒に白玲《ハクレイ》への言い訳を考えろっ!!!」

『**承知っ！！！**』

俺は馬に合図し、一気に駆け出させる。

まさか、たった五騎で立ち向かって来るとは思っていなかったのだろう。先頭の敵騎兵は目を見開き——口元に嘲りを浮かべた。

槍を突き出しながら、怒号。

「殺っ！」

鋭く波打った玄《ゲン》帝国独特の穂先が俺へ迫り、

「──甘い」

「⁉」

槍自体を大きく弾き、空いた胴を、革鎧《かわよろい》ごと無造作に薙《な》ぐ。

何が起こったのか理解出来ない、という表情のまま敵騎兵は絶命し落馬。

先頭に続き、突っ込んでくる騎兵を──

「どいつもこいつも、死にたがりばかりだな」

『っ！？！！』

冷たく言い放ち、斬り捨てながら、前進していく。

敵が放つ断末魔を遮るように、後方からはどよめき。

「な、何とっ！」「御見事！」「虎の子は虎ってかっ！」「がっはっはっ！」

俺と並走するように前へと出て来た歴戦の古参兵達が驚きながら、俺を称賛。

皆、無傷で襲撃を切り抜けたようだ。

剣を一閃《いっせん》。放たれた矢を叩き落としながら、敵軍の戦列を見渡して、臭いを嗅ぐ。

──……いた。

一際《ひときわ》目立つ赤の鎧兜《よろいかぶと》を身に着けた若い男が、泡を喰《く》った様子で指揮棒を振り回している。革製ではなく、金属製だ。

「若っ！」

古参兵の迎撃を潜《く》り抜け左右から襲撃してきた二騎を剣ごと叩き切り、血を払う。

ちらり、と後方の城を確認。敵軍が四散しているのが見えた。

「あいつが将だっ！　行くぞっ‼‼」

『応っ！！！』

勇ましい咆哮《ほうこう》。だが、既に無傷なのは俺だけだ。

若い指揮官が怯《おび》えた様子で指揮棒を此方《こちら》へ向けた。

周囲を守る騎兵の装備も……違う？

馬を操る動きだけで練達だと分かる、赤色に塗られた金属製の鎧兜を身に纏《まと》う敵の重装騎兵達が二手に分かれ、俺達を挟むように突っ込んで来る。俺は更に速度を上げ命令。

「足を止めるなっ！　目の前の敵は全部薙ぎ倒せっ‼」

『**無論っ！！！**』

降って来た無数の矢を弾き、次いで攻撃してきた髭面《ひげづら》の騎兵を剣で切りつけ、落馬させ、速度を緩めて獅子吼《ししく》、

「邪魔だっ！　死にたくなければ、路《みち》を開けろっ！！！！！」

将を守らんとする敵騎兵の隊列が揺らぎ、微《かす》かな『進路』が形成された。

此処しかないっ！　……ないが。

『殺っ！　殺っ!!　殺っ!!!』

後方から凄《すさ》まじい怒号と共に、敵の軽騎兵が追いついて来る。

このままじゃ、敵将を討つ前に挟撃されて――死ぬ。

俺の傍《そば》で、傷を負いながら奮戦を続けていた古参兵達が馬を反転させた。

「若っ！」「此処は我等が！」「敵将をっ！」

「っ！　お前等っ!!」

大槌を持った巨軀《きょく》の兵は自ら馬から飛び降り、咆哮した。

「我等、若の壁となり申すっ！！！！！　うぉぉぉぉぉ！！！！！！！！！」

「「隻影《セキエイ》様っ！　先へっ！！！！！」」

強く握り締めた剣の柄《つか》が軋《きし》む。敵兵の混乱が収まれば……。

背を向けたまま、剣を水平にし、静かに命じる。

「……馬鹿野郎共が。向こうで待っていろ。何れ《いず》俺も逝《ゆ》く」

『**御意！！！！**』

笑い混じりの返答を聞くやいなや、俺は一気に馬の速度を上げ疾駆。

敵隊列の中に形成された『通路』に飛び込み、一直線に敵将目掛けて突っ込む。

後方では激しい怒号と悲鳴。武器と武器とがぶつかる、けたたましい金属音。

――そして、人が地面に落ちる音。大槌持ちの古参兵の絶唱が耳朶《じだ》を打つ。

「ガハっ……ハハハハっ！！！！！　ほ、本懐なりっ！！！！！！　新たな英雄の背を守る栄誉――……我等、果たしたりっ！！！！！！」

音が聞こえなくなっても俺は振り向かず、唖然《あぜん》としている敵兵の隊列を駆け抜けた。

敵将の蒼褪《あおざ》めた顔目掛け、剣を容赦なく振り下ろすも――

「させぬっ！」

最後の護衛騎兵の剣に喰い止められた。兜の下に白髪が覗《のぞ》いている。

数合打ち合い、距離を離す。

強い。数多《あまた》の死線を越えて来た猛者《もさ》なのだろう。少し爺に似ている。

――だが。

「覚悟っ――……っ！　ばか、な……………こ、これ程の者が、ぐっ」

距離を詰めて来た老騎兵の一撃を、身体《からだ》を背面に倒して躱《かわ》し、左腕を両断する。

最後の護衛が落馬。

顔を真っ白にした敵将へ剣を向けると、悲鳴をあげた。

「ば、化け物めっ！　……な、何、何なのだ、お前はっ⁉」

「ただの文官志望だよ」

「っ！？！！！」

最後まで言わせず、躊躇《ちゅうちょ》なく首を飛ばし、叫ぶ。

「**敵将――張 隻影《チョウセキエイ》が討ち取ったりっ！！！！**」

『⁉』

多数を有す敵軍全体に漣《さざなみ》が走り、混乱が広がっていく。

ほぼ同時に、笛の鳴るような鏑矢《かぶらや》の音が響き渡った。

――白玲《ハクレイ》達が城兵の救出に成功し、戦場の脱出を開始したのだ。

親父殿《おやじ》の血か。部隊指揮は俺よりも上かもしれん。

俺はほんの微かに表情を緩め、剣を振って血を払い――馬の踵《きびす》を返した。

せめて……せめて、あいつ等の遺髪だけでも。

「畜生っ。俺の背中を守る奴《やつ》は、みんな先に死んじまう……」

馬にも嘆きが伝わったのだろう。励ますように震え、疾風となって駆け始めた。

……そうだな。

「死んだら、白玲《ハクレイ》が泣くからなっ！」

俺は自分自身を奮い立たせ、混乱の渦中《かちゅう》にある敵騎兵の群れに立ち向かっていった。

——戦場を突破し、俺が単騎で敬陽《ケイヨウ》へ辿《たど》り着いたのはその日の深夜。

城門で待ち続けていた白玲《ハクレイ》に引きずられ、傷の手当を受けている際——悲報が届いた。

『玄《ゲン》皇帝アダイ。大軍を伴い、大河北岸に着陣せり。大侵攻の予兆と認む』

この日の戦いはあくまでも前哨戦《ぜんしょうせん》。

それを、俺達は翌朝以降知ることになる。

第四章

「偉大なる【天狼《てんろう》】の御子——アダイ皇帝陛下！　ご尊顔を拝し、恐悦至極に存じます。各軍総勢二十万、既に布陣を終えております。なんなりと御命令をっ！」


大河北岸。南征侵攻拠点『三星城《さんせいじょう》』。

深夜の大会議場に老元帥の報告が響き渡った。

歴戦の勇将、猛将達も身体から強い戦意と緊張を発し、深々と頭を下げている。

戦船で三年ぶりの戦場に赴いた私——玄《ゲン》帝国皇帝アダイ・ダダは玉座に腰かけたまま、強い満足を覚えた。

手に持つ、新しい属国からの献上品である、金属製の杯に自分の横顔が映る。

長い白髪と黒眼《くろめ》。七年前——十五で帝位に就いて以降、殆《ほとん》ど変化のない少女のような容姿と華奢《きゃしゃ》で小柄な身体。まともに剣は振るえず、弓も扱えず、馬にすら乗れない。

普通ならば、個の武勇を尊ぶ我が帝国では蔑みの対象となろう。

にもかかわらず、この場にいる者達は私に対して、崇敬と畏怖しか持っていない。

――誰も私には勝てないことを知っているからだ。

足を組み、左手を挙げる。

「面を上げ、座ってくれ。皆の戦意を嬉《うれ》しく思う。が……此度《こたび》は急《せ》かずともよい」

将達が怪訝《けげん》そうな顔を見せた。

私は自ら指揮するどの戦場も速戦を旨《むね》としてきた。

そして、十五歳で初陣《ういじん》を飾って以降、全ての戦に勝ち続けてきたのだ。

控えている少年従兵に馬乳酒を注がせながら、続ける。

「慣れない船旅で兵も馬も疲れている。増援の到着まではゆるりと過ごすとしよう」

我が国の民の故地は北方の大草原――かつての【燕《エン》】。

船に慣れておらぬ人馬が疲労するは致し方ない。

だが、栄《エイ》の密偵も侵入出来ぬ北東部で建造した大輸送船団と、強い北風が吹く機に乗じた大運河の活用は、対岸の『張家軍《ちょうかぐん》』を驚かせたようだ。大河河口も別船団に封鎖させている以上、簡単に動くことは出来ないだろう。

老元帥が深々と頭を下げる。

「陛下の兵への労《いた》わりの御言葉、歓喜に堪えず。なれど……」

途中で言い淀《よど》み、ただ沈黙した。

杯の中身を半ばまで飲み、残りの言葉を引き取る。

「『急がねば、厄介な張泰嵐《チョウタイラン》が恩知らず共の都より戻って来る』――か」

「……はっ」

七年前、死期の迫っていた今世の父――先帝最後の親征を頓挫させた栄《エイ》随一の将だ。

個の武勇にも優れ、『赤狼《せきろう》』と一騎打ちをして互角。

その指揮ぶりも見事の一言で、相手が私でなければ我が軍は激しい追撃によって、潰走に追い込まれていただろう。

あの者さえいなければ、我等はとっくの昔に大河を突破。

臨京《リンケイ》を陥落させ、同盟関係にあった我が国を裏切り、どさくさ紛れに領土を奪おうとした恩知らず共を降《くだ》し――『老桃《ロウトウ》』が植えられたという神代を除けば、煌《トウ》帝国以来、約千年ぶりの天下統一を果たしていた。先帝も憤死しなかったかもしれない。

この七年……数えきれない程起きた小戦で、泰嵐《タイラン》はその都度我が軍に少なからぬ打撃を与えている。戦場での奴は手強《てごわ》く、倒すのは容易ではない。

……英峰には遠く及ぶべくもないが。

私は胸に小さな鈍痛を覚えながらも、馬乳酒を飲み干した。

「問題はない――既に手は打った。奴は恩知らず共の都からすぐには戻れぬ。我等が目的を達成する時間は十分にあろう」

『おお……！』

本陣内がざわつく。この場にいる者達は泰嵐《タイラン》の手強さを知っている。

玉座に左肘をつけ、目の前に広げられた地図を眺めながら私は嗤《わら》った。

臨京《リンケイ》に置かれている将と部隊の駒――『張泰嵐《チョウタイラン》』。

「何故《なぜ》奴が戻って来られぬのか、知りたかろう？　我が祖父が、大河の南――かつての【斉《サイ》】の地にあの者等を追いやって五十余年。だが、人の本質はそうそう変わらぬのだ」

諸将の顔に疑問が浮かんだ。謀《はかりごと》を得手にする者は帝都に残留しているか、新たな属国へ派遣中の為《ため》、この場にはいない。

「張泰嵐《チョウタイラン》は紛れもなく後世に語り継がれる勇将。それ故に――」

強く気高い者を厭《いと》う輩《やから》は何時《いつ》の時代もいる。

……かつての愚かな『王英風《オウエイフウ》』のように。

苦さを覚えながらも、馬乳酒を注がせる。

「我が国と『朝貢による和』を求めておる者達から、大分疎《うと》まれておるようだ。その奴等《やつ》の末端にこう伝えておいた。『張泰嵐《チョウタイラン》が勝てば、和は永久になくなるだろう』――南の偽《ぎ》帝に忠誠を誓っておるあの男は、結論の出ない話し合いが終わるまで、大河にはそうそう戻れまい。奴が直率する精兵もな。万が一戻っても、立場を危うくしよう」

諸将が再び深々と頭を下げた。

『陛下の深謀、感服致しましたっ！』

「そう褒めてくれるな。この程度は児戯だ」

二杯目の馬乳酒を飲み、卓上に設置された精巧な戦況図へ目をやる。

南岸に布陣する敵軍を率いているのは――『礼厳《ライゲン》』。

記憶を探り、手を叩《たた》く。

「ああ、先帝の本営に単騎で突撃してきたあの老人か。奇縁を感じもするが……厄介だ。奴の張《チョウ》家への忠誠心は筋金入り。主《あるじ》不在の城を簡単には明け渡すまい。強攻すれば、我等も多くの血を流すことになろう」

私の独白を聞き漏らすまい、と諸将の視線が集まる。

……『皇帝』という地位に慣れたわけではない。

だが、この程度の演技など最早《もはや》骨にまで染《し》みつき、将の統率方法も知っている。

『不安を表に出すな。自信は見せろ。それだけで大丈夫だ――英風《エイフウ》』

私は自然と笑みになり、杯を従者に渡すと立ち上がった。

「我等はこの地で兵馬の疲労を抜きながら、北方にて蛮族共を討伐している『三狼《さんろう》』の到着を待てばよい。後は――」

古い桃の大樹が描かれている腰の鞘《さや》から短剣を引き抜き、戦況図に突き刺す。

――敬陽《ケイヨウ》。

「我が忠臣『赤狼』のグエン・ギュイが全てを片付けてくれよう」

『アダイ皇帝陛下に勝利をっ！！！！　帝国、万歳っ！！！！』

諸将が一斉に雄叫《おたけ》びをあげた。

微笑《ほほえ》み、鷹揚《おうよう》に何度も頷《うなず》く。

グエンがその名誉を一時的に貶《おとし》めまでし、三年をかけて実行された作戦に瑕疵《かし》はない。

戦力も十分以上に整え、兵站《へいたん》も万全だ。

従者に目配せし将達へ金属杯を配らせ、馬乳酒を注がせていく。

――何より、【西冬】を降した時点で我等は既に勝利している。

大局を見れば、敬陽《ケイヨウ》を落とす、落とさないは、今や些事《さじ》に過ぎない。

グエンもそのことは理解を――ふと、忠臣の書簡に書かれていた者を思い出す。

……張泰嵐《チョウタイラン》の娘、か。

虎の子は虎。油断は出来ない。

しかし、成長する前の幼き虎なぞ、グエンならば容易《たやす》く倒せる。

生まれながらの虎など……あいつ以外、【天剣《てんけん》】を携えた皇英峰《コウエイホウ》以外はおらぬのだから。

諸将を見渡し、意識して微笑む。

「皆も今宵《こよい》は大いに呑《の》み、英気を養ってくれ。『赤狼』の手並み、楽しむとしよう」

*

「食料と水の備蓄はどうなってる⁉」

「たんまりと溜《た》め込んでいる。張《チョウ》将軍と若の御指示があったからなっ！　あの、ビスケット？　ってのは優れ物だ」

「住民の避難を急がせろっ！　優先すべきは第一に子供。第二に幼い子を持つ母親。第三に、戦えない病人と重傷人。第四に老人だ」

「北方の馬人共の行軍は早い。恐ろしく早い。急げっ！　急げっ‼」

「西側の監視を怠るな。少しの異変もすぐに隻影《セキエイ》様へ報告せよ」

一夜明けた敬陽《ケイヨウ》。張《チョウ》家屋敷《やしき》の執務室。

『玄《ゲン》軍来《き》たる！』の報を受け、早朝から多くの者が駆け込み、状況報告を繰り返している。

俺は椅子に座り、早朝、最前線の礼厳《ライゲン》から届いた紙片に目を落とした。

『敵の軍船多数、突如として来襲せり。敵将も続々と着陣した模様』

『敵軍の総数は不明なれど、過去の戦例からして、二十万以上は確実』

『至急、都への救援要請を乞う』

……親父《おやじ》殿が不在なのを把握しての大侵攻。

礼厳《ライゲン》は歴戦の猛者《もさ》であり、軍も精鋭揃《ぞろ》いとはいえ——

「隻影《セキエイ》様！」

俺が今後の戦況に頭を悩ませていると、『白銀城《はくぎんじょう》』から生還を果たした庭破《テイハ》が駆けこんで来た。頭に巻いた包帯には血が滲《にじ》み、鎧《よろい》も汚れている。意識を戻して問う。

「傷はもう大丈夫なのか？」

「この程度。掠《かす》り傷でございます。昨日は真《まこと》に有難《ありがと》うございました！」

「助けたのは白玲《ハクレイ》だ。それに打算もある」

近づいて来た青年へ、俺は軽く手を振った。

屋敷の外から、馬の嘶《いなな》きと子供の泣く声。都市郊外への退避が始まっているのだ。

「俺は張《チョウ》家の居候《いそうろう》。そんな人間が緒戦で兵を見捨てたらどうなる？　籠城《ろうじょう》戦は兵の士気だけが頼りだ。まして、相手は猛将『赤狼』率いる『赤槍騎《せきそうき》』。戦う前から気持ちで負けかねない。命の張り時だったんだよ。俺が死んでも、白玲《ハクレイ》がいるからな」

「…………」

庭破《テイハ》は複雑そうな顔になり、黙り込んだ。

室内にいた他の女官や兵達が俺を見ているのを無視し、努めて軽く告げる。

「だから——何も気にしなくていい。ただし！　生き残った以上、お前には働いてもらう。爺《じい》達は大河から戻れない。指揮官の頭数が足りないんだ。『鬼礼厳《ライゲン》』の名、汚《けが》すなよ？」

青年士官は顔を引き攣《つ》らせた。心なしか蒼褪《あおざ》めているようだ。

「……アダイ・ダダが着陣した、というのは真なのでしょうか？　敵方の虚言では？？」

「十の内九は本当だろう」

屋敷内で若い女の声が微《かす》かに響いた。誰かを止めようとしているようだ。

……朝霞《アサカ》だな。頼んでおいたあいつの説得、失敗したか？

俺は手を広げ、庭破《テイハ》に考えを披露する。

「餓鬼の頃、親父殿や爺によく戦話をしてもらった。アダイって奴《やつ》は、一見少女に見えるくらい華奢《きゃしゃ》かつ小柄で、剣も振るえず、馬にも乗れないらしい。……が、七年前の大戦で、そんな十五歳の皇帝の首をあの二人が取れず、直前に大敗した軍も撃破出来なかった。間違いなく怪物だ。三年前に『赤狼』が左遷されたっていう情報も謀略だろう」

室内が大きくざわついた。震える声で、庭破《ティハ》が聞いてくる。

「す、全て我等を欺く為だったと？　ま、まさか、そんな……」

「じゃなきゃ、二十万もの兵員を運ぶ船を用意出来ない。それでも、大河に築かれた城砦《じょうさい》線は鉄壁だ。兵力差で勝っても落とすのは至難。そこで奴は——」

卓の上に広げられている地図を指で順番に叩いて行く。

【玄《ゲン》】の南西部に広がる大森林地帯と人を寄せ付けない七曲山脈《ななまがりさんみゃく》。

そこを越えた先にある【西冬《セイトウ》】。

最後に——俺達が今いる敬陽《ケイヨウ》と大陸を南北に貫く大運河。

何時の間にか室内にいた連中は静まり返り、俺の話を聞いている。

「『赤狼』が率いる軍によって西南部の人跡未踏の地を突破。【西冬《セイトウ》】を降した上で、敬陽《ケイヨウ》を強襲する作戦を実行した。強い北風が吹く時期を待っていたんだろう。大河北岸に布陣した軍は礼厳《ライゲン》達を拘束している『囮《おとり》』だ。主力は『赤槍騎』。敬陽《ケイヨウ》を抑えた上で、包囲殲《せん》滅《めつ》する気だ。……アダイは全く油断していない。親父殿が褒めるのも無理はないな」

「……早期の救援は望めない、と」

庭破《ティハ》が震える自分の拳を握り締めながら、言葉を絞り出す。

「避難民の護衛に出す一部老兵や新兵、義勇兵達が約千余り。我が方の戦力はどう見積もっても二千以下となります。対して、西方の敵戦力は」

「万を軽く超す。アダイは果断だと聞くし、此方の十倍程度は投入しているかもしれない」

『…………』

全員が黙り込み、視線を落とした。

敬陽《ケイヨウ》は張《チョウ》家の本拠地として、営々《えいえい》五十年に亘《わた》って防衛設備が強化され続けてきた。

だが……この兵力差は如何《いかん》ともし難《がた》い。手を叩き、意識して軽い口調で告げる。

「そんな暗い顔するな。大河を渡河され敬陽《ケイヨウ》が陥落すれば臨京《リンケイ》だって危うくなる。増援はあるさ。その為には――……」

馬の嘶き。

そして「は、白玲《ハクレイ》様、いけません！」という、朝霞《アサカ》の悲鳴。

疾走音が聞こえ、庭先に美しい白馬――『月影《げつえい》』が駆けこんで来た。

銀髪を結いあげた軍装姿の白玲《ハクレイ》が、重さを全く感じさせない動きで白馬から地面に降りたつ。美しい顔には憤怒《ふんぬ》しか見えず……逃げたい。

銀髪を怒り逆立たせて少女が大股で部屋に上がり込むと、皆は左右に分かれ、嵐を避けるべくそそくさと外へ出て行った。

直後──ドンっ！

白玲《ハクレイ》が卓に思いっきり両手をついた。

「**隻影《セキエイ》っ！！！！　説明してくださいっ！！！！！**」

外の石柱から、軽鎧《けいがい》姿の朝霞《アサカ》と女官達が顔を出した。唇を動かす。

「（無理でした！　書簡はお渡しを）」『（後はお任せ致します！）』

……今朝は自信満々だったのに。

俺は首元を緩め、怒れる美少女に答える。

「どうしたんだよ？　そんなに慌てて」

「……どういうことですか？」

細い腕が伸びてきて、俺の首元を掴《つか》んだ。

力を入れすぎているのか、ただでさえ白い手が更に白くなっていく。

「どうして——私が都への急使役なんですか？　明確な理由を説明してください！」

……朝霞《アサカ》達が説明する前にこっちへ来たのか。

俺は視線を受け止め、淡々と理由を教える。

「単純だ。船は逃げ散るか、拿捕《だほ》された。海路もまず封鎖されている。となると、馬しかない。客観的に見てお前と朝霞《アサカ》が今の敬陽《ケイヨウ》で一番馬術に長《た》けている。他に、合計で十組二十人を送りだす。全員純粋な技量を基準に人選した。増援がなければ敬陽《ケイヨウ》は保たない。そして——敬陽《ケイヨウ》が陥落したら次は臨京《リンケイ》だ。何が何でも都へ戦況を伝える必要がある」

「…………」

銀髪の美少女は押し黙り——先に視線を外した。

張白玲《チョウハクレイ》は才媛。

自分でも理解しているのだ。俺の言葉に理があることを。辛《かろ》うじて反論してくる。

「……馬術だけなら、貴方《あなた》だって」

「俺は罰を受けてて都に入れない」

顔を上げ、鋭く睨《にら》みつけられる。

その宝石みたいな蒼眼《そうがん》には薄《う》っすらと涙が溜まっている。

「……こんな時までふざけないでっ！」

「ふざけてる余裕なんかねーよ。手、離せって」

「…………」

不承不承、といった様子で白玲《ハクレイ》は手を離した。

乱れた服を直しつつ、立ち上がって少女の前へと回り込む。

左手の人差し指を立てて、もっともらしい言い訳。

「いいか？　残って数倍の敵と戦うのも、昼夜問わず馬を走らせて都に行くのも、どっちみちとんでもない苦行なんだ。敵が伝令狩りを放っている可能性は高い。俺が前者。お前は後者。釣り合いは取れてるだろ？」

「——……私には」

白玲《ハクレイ》が力無く俺の胸に頭を押し付けてきた。皆が息を吞む。

ここ数年、聞いたことがない程の弱々しい呟《つぶや》き。涙が俺の服を濡《ぬ》らしていく。

「……私には、貴方の背中を守る資格が……ないん、ですか…………？」

昨日一緒に敵陣へ突入出来なかったのを、想像以上に気にしてたか……。

俺は身体《からだ》を震わせている少女の背中を数度、ほんの軽く叩《たた》いた。

「相変わらず馬鹿だなぁ。そんなわけないだろ？　ただな」

「――……ただ？」

顔を上げ、瞳を真っ赤にした白玲《ハクレイ》が言葉を繰り返す。

一瞬だけ逡巡《しゅんじゅん》し、静かに言葉を紡《つむ》ぐ、

「……俺の背中を守る奴は早死にしちまうらしい。昨日のあいつ等も死んじまった。死ぬなっ！　ってあれだけ言ったのにな。俺はお前に死んでほしくないんだよ」

「…………」

白玲《ハクレイ》の瞳から大粒の涙が零《こぼ》れ落ちていく。……泣かれるのは苦手だ。

身体を離して、出来る限り明るい口調で願う。

「とにかく、だっ！　一刻も早く都に行って戦況を報告して、親父殿と最精鋭三千騎。ついでに援軍も連れて来てくれ」

「……それは…………命令ですか？」

白玲《ハクレイ》も口調を戻し、睨んできた。ニヤリ、とし頭を振る。

「いいや。こっちに帰って来る時、馬術競争で奇跡的に勝った権利の行使だ。お前、言ってたよな？　『勝ったら何でもお願いしていい』って」

「…………卑怯《ひきょう》者」

双眸《そうぼう》に激情が噴出し、何度も何度も俺の胸へ拳を叩きつけ、叫ぶ。

「貴方は何時だって、そうやって私を……私だって、私だって、貴方をっ！！！！」

為《な》されるがままにされながら、指で涙を拭う。

「……戦場に行く前の涙は不吉だぜ？」

「……泣いて、なんか、いません……」

言葉を震わせながら白玲《ハクレイ》は俺から離れ、自分の後ろ髪に手を回す。

そして、紅《あか》い髪紐《ひも》を引き抜き押し付けてきた。

幼い頃の俺が使っていた物だ。

「私の宝物です。戻るまで預けておきます。絶対に失《な》くさないでくださいね？」

「分かった。――……なら、俺も渡しておこう」

「え？」

不思議そうな白玲《ハクレイ》から離れ、卓の引き出しを開ける。

中に入っていた小さな布袋《ぬのぶくろ》を取り出し、髪をおろした少女へ差し出す。

「これは……？」

「お前が十七になったら渡そうと思ってた。馬を駆るんだ。髪は結んでおけよ」

白玲《ハクレイ》が布袋から、見事な刺繍《ししゅう》の施された紅い髪紐を取り出した。

敬陽《ケイヨウ》近郊に住まう職人に頼み込み、特別に作ってもらったのだ。

「……っ」

髪紐を自分の胸に押し付け、整った顔をクシャクシャにした白玲《ハクレイ》は、それでも手慣れた様子で後ろ髪を結った。

……似合っていると思う。

満足感を覚えつつ指で涙を拭ってやり──頷《うなず》き合う。

銀髪の美少女は背筋を伸ばし、凛々《りり》しく告げた。

「張白玲《チョウハクレイ》──都への使者となります。勝手に死んだら承知しません」

そう言って、拳を突き出し、俺へ挑みかかるように強い決意の目線。

苦笑しながら拳を合わせる。

「ああ。任せとけ！　死ぬつもりもないしな。死に場所は、寝台の上って前世から決めているんだ」

微《かす》かに白玲《ハクレイ》が表情を崩し、踵《きびす》を返す。

背を向けた少女の、小さな呟きが耳朶《じだ》を打つ。

「……バカ……。朝霞《アサカ》、行きますよっ！」

「は、はいっ‼」

柱の陰から鳶《とび》茶髪の女官が庭へ飛び出してきた。俺と視線を合わせてきたので頷く。

即座に軍装姿の朝霞は『お任せください！』と腰の短刀を軽く叩いた。

白玲《ハクレイ》を乗せた月影が嘶《いなな》き――

「やぁっ！」

朝霞《アサカ》が駆った栗毛《くりげ》の馬と共に、視界からあっという間に消えた。

……あいつ、目を合わせなかったな。

渡された髪紐を剣の柄《つか》に結んでいると、庭破《テイハ》が戻ってきた。おずおず、と尋ねてくる。

「よろしかったのですか？　白玲《ハクレイ》様を行かせてしまって」

「いいんだ」

短く返し、それ以上の言葉を俺は封じた。

万が一、敬陽《ケイヨウ》が陥落し、あいつが敵軍の捕虜になった場合――ろくでもないことになるのは目に見えている。『張泰嵐《チョウタイラン》の娘』というのは大きな価値を持つ。

……最後に抱きしめても良かったかもな。

感傷に浸っていると、少し遅れて戻って来た連中が口々に罵ってきた。

「隻影《セキエイ》様、あの状況で抱きしめないなんて、ひっどーいっ！」「鈍感、鈍感と言われていましたが……」「ここまでくると、もう病なのでは？」「今頃泣いてんな、ありゃあ」

信じ難《がた》いことに、味方は皆無。白玲《ハクレイ》は皆に愛されているのだ。

「ええぃっ！　お前等、うるせぇぇぇぇ‼　仕事だ、仕事っ！　時間はないぞ」

『はっ！』

大袈裟《おおげさ》に叱責すると、ニヤニヤしながら一斉に敬礼。仕事を再開した。

多少は空気も軽くなったようだ。

――白玲《ハクレイ》が戻るまでは、生きていないとな。約束は破れない。

俺は剣に結んだ髪紐に触れ、決意を固め直すのだった。

＊

「おお～こいつは壮観だ」

白玲《ハクレイ》を都へ送り出した翌日早朝。

敬陽《ケイヨウ》は雲霞《うんか》の如《ごと》き敵軍に包囲されていた。

その数——目算で約三万以上。予想よりも大分多い。

眼下の騎兵も歩兵も全ての軍装が赤に統一され、軍旗に描かれているのは【玄《ゲン》】。

そして、獲物に飛び掛からんとしている『赤狼《せきろう》』。本陣には三ヶ月前の敵将。

光を反射した武具と鈍い大太鼓の音に特有の圧迫感を感じつつ、俺は城壁に片足を乗せ、称賛した。

「何とまぁ……部下に任せず、『赤狼』自らがこの大遠征をやってのけたのか！　敵ながら大したもんだ。それとも、三ヶ月前の遺恨か？　何にせよ、絶景、絶景」

「せ、隻影《セキエイ》様。お下がりをっ！　狙われますっ‼」

庭破《テイハ》が蒼褪《あおざ》めた様子で俺の左肩を摑《つか》んできた。兵士達の顔も引き攣《つ》っている。

……まずいな。普段通りの口調で問う。

「庭破《テイハ》、兵の配置は終わってるな？」

「は、はい、東西南北、全て配置についております。……ですが」

「ん、了解した」

皆までは言わせない。想定よりも敵兵力が大きく、力攻めを受けたら持ち堪《こた》えられない、と思っているのだ。

絶望的な戦況でも冷静に物事を考えられるのは、将としての美点ではある。

しかし——そうなれば、前後を挟撃され大河の『張家軍《ちょうかぐん》』が全滅する。
俺達は、さっさと楽になるわけにはいかないのだ。
周囲を見渡し、ニヤリ。
将は不安を表に出さず、自信を見せなければならない。
「よーし、敵将へ挨拶しに行くぞ。お前等も着いて来るか？」
『……………はぁ？』
庭破《テイハ》を含め、兵士達全員が呆《ほう》けた。
やや遅れて兜《かぶと》の下の青年の顔が引き攣り、辛《かろ》うじて諌言《かんげん》してくる。
「せ、隻影《セキエイ》様……このような状況で御冗談を言うのは…………」
「冗談じゃない。よっと」『⁉』
城壁から飛び降り、途中の階段を経由して西門前へ。
状況を理解していない兵士達を無視し、叫ぶ。
「**出るぞっ！　馬、ひけいっ‼**」
『！　は、はっ‼』
俺の大声に驚きながらも、少年にしか見えない新兵が黒い馬を連れてきた。
ひらり、と跨《また》がり、首を撫《な》でて命令。

「開門っ！」

「お、お待ちをっ！！！！！」

泡を喰った庭破《ティハ》が、転《く》げ落ちる勢いで石階段を駆け下りてきた。

馬の鞍《くら》を握り締め、必死の形相で訴えてくる。

「自棄《やけ》になられてはなりませんっ！　敵軍強大といえども、皆で戦えば勝機も掴めましょう。隻影《セキエイ》様の身にもしものことあれば、敬陽《ケイヨウ》は……！」

「だからこそだ」

西門がゆっくりと開いて行く中、俺は小声で庭破《ティハ》を諭す。

「（……敵は猛将『赤狼』率いる精鋭三万。兵の士気を上げないと、親父《おやじ》殿が戻るまで到底保たない。こういう時は幾ら『理』を説いても無駄だ。仮初でも大将が『戦う意志』を示し、兵を鼓舞する必要がある――と思うんだよ、俺は）」

「っ！　……あ、貴方《あなた》様は……」

庭破《ティハ》が雷に打たれたかのようになり、目を見開いた。肩をぽんぽん、と叩き慰める。

「そんな顔するな。すぐ帰って来るさ。行って来る。はっ！」

「隻影《セキエイ》様っ！」

馬を駆けさせ、門の隙間から外へ。

太鼓の音が速くなり、隊列を組んでいる敵騎兵が次々と弓を構え、俺を狙う。

――が。

突如太鼓が止まり、弓兵も後退していく。俺は目を細め、独白した。

「……軍楽も止め、討っても来ず。律儀《りちぎ》な男だな……」

城門と敵隊列との間で馬を止め、俺は剣を抜き放つ。

紅の髪紐が煌《きら》めいた。


「我が名は隻影《セキエイ》っ！　敬陽《ケイヨウ》を預かる者であるっ!!　敵将、何処《いずこ》にあらんっ!!!」


敵味方問わず大きなざわつきが起こる。

――一騎打ちの申し込み。

よもや、俺がそんなことをするとは思っていなかったのだろう。敵兵も戸惑っているように見える。

暫《しば》くして、敵隊列が左右に分かれた。

狼《おおかみ》が彫刻された巨大な方天戟《ほうてんげき》と深紅の鎧兜《よろいかぶと》を身につけ、見事な巨馬に乗った壮年の武将が進んで来る。

男の左頬には大きな傷跡。

やはり、間違いない。三ヶ月前に交戦したあの敵将だ。

俺は剣を持ったまま右手を水平に伸ばし、後方の味方へ合図。

『絶対に撃つな』

俺から少し離れた場所で馬を止めた敵将が咆哮《ほうこう》。


「我が名はグエン・ギュイ！　玄《ゲン》帝国の『赤狼』である!!　張隻影《チョウセキエイ》、待たせたっ!!!」


敵軍からは大歓声。味方からは声ならぬ呻《うめ》き。

このやり取りだけで分かる。

――こいつは万戦錬磨の猛者《もさ》。

俺は剣の切っ先を向け、答える。

「グエン！　艱難辛苦《かんなんしんく》を越え、大軍をこの地まで導いたその手腕――見事っ！　その壮挙に免じて今退《ひ》けば追わぬ。三ヶ月前に拾った命を無駄にするなっ!!」

敵猛将の表情に微かな驚き。

そして――

「フッハッハッハッハッハッ！！！！！！！！！」

一帯に轟《とどろ》く程の哄笑《こうしょう》が響き渡った。

ギロリ、と猛将が視線を叩《たた》きつけ、巨大な戟《げき》を幾度か振るい、俺へ向け馬を走らせる。

俺も遅れじと、黒馬を駆けさせた。

「我を前にして一切の恐れを持たぬとは！　見事っ‼　――だがっ‼‼」

「っ！」

交差際《ぎわ》に放たれたグエンの恐るべき一撃を、剣で受ける。

凄《すさ》まじい金属音。手が痺《しび》れる。とんでもない剛力っ！

『⁉』

見守っている敵味方の将兵からどよめき。俺が猛撃を凌《しの》いだ事実に驚いているのだ。

距離を離したグエンが再び馬を駆けさせ、突撃してくる。

「大言も過ぎれば妄言となろう。死ねぃ、張《チョウ》家の小僧っ！　我は、貴様につけられたこの頬傷に懸けて、貴様の首と妹をアダイ陛下に捧《ささ》げんっ‼」

「はっ！　馬鹿いうなっ！　可愛《かわい》いうちの姫を大悪党にやるかよっ‼」

一合、二合――打ち合う度に速度が上がっていき、互いの間に火花を散らす。

明鈴《メイリン》が選別した剣の悲鳴を聞きながら距離を取り、馬を反転させながら揶揄《やゆ》する。

「だいたいな！　親父殿はお前等の策なんてとっくに看破してんだよっ！　最後に勝つのは俺達だっ‼」

「世迷言《よまいごと》だぞ、小僧ぉぉぉぉっ！！！！！」

三度の突進。

戟の突きを躱《かわ》し、反撃の斬撃を放つも受けられ、馬を並走させながら、互いに斬撃を応酬すること暫《しば》し――首筋を狙った俺の一撃を受け止めたグエンを、武器越しに称賛する。

「やるなっ！　お前が親父殿の配下にいてくれれば、天下はもう定まっていただろうに‼」

……お前みたいなのが後三人もいるのかよっ⁉」

「それはこちらの台詞《せりふ》！」

グエンの眼光が鋭くなり、猜疑《さいぎ》の視線。

方天戟を苛立《いらだ》たし気に回転させ剣を弾き、距離を取ると、俺へ突きつけ怒号。

「小僧……貴様、何者だっ！　これ程の腕を持ちながら、どうして今まで表舞台に上がらなかったっ‼」

「はんっ！　当たり前、だろうがっ！」

猛撃を凌ぎ続けたことで、剣の限界が近い。

【天剣《てんけん》】が——いや、せめてどちらか一振りでもあれば。いや、繰り言だな。

適度な所で一騎打ちを切り上げないと、武器の差で負ける。

「俺は根っからの文官志望なんだよっ！　本当ならこんな場に立つことなく、一生涯、田舎で平穏に暮らしたかったってのに……人生計画を勝手に崩すんじゃねぇっ！！！！」

「世迷言っ！」

グエンは鬼の形相となり、突っ込んできた。

戟を両手持ちにし、今日最大の一撃！

剣を繰り出し、受け流そうとするも——

「！　ちっ‼」

刃が中途より砕け、地面に突き刺さった。敵将の顔が勝ち誇る。

「残念だったな、死ねぃっ‼」

「阿呆《あほう》っ！　誰が死ぬかっ‼」

「！」

残った剣身で辛うじて攻撃を逸《そ》らし、馬を門へと駆けさせる。

城壁の上へと戻り、一騎打ちを見守っていた青年士官へ叫ぶ。

「庭破《ティハ》っ！　俺の弓っ‼」

「！　は、はいっ！」

一瞬驚くも、庭破《ティハ》は弓と矢筒を手に取り——

「隻影《セキエイ》様っ！」

俺目掛けて思いっきり投げて来た。遠いっ！

後ろから迫りぐるグエンが、大咆哮。

「無駄だっ！　張《チョウ》家の麒麟児《きりんじ》っ‼　此処《ここ》で死ねぇぇいっ!!!」

身体《からだ》を半ば投げ出しながら弓を取り、落下する矢筒から矢を一本だけ抜き取り——射る。

「やなこったっ！」

虚を突かれた敵将の左篭手に矢が突き刺さる。浅いかっ！

「ぬううう！」

『！　グエン様っ！！！！』

敵騎兵が悲鳴をあげ一気に突っ込んできた。先頭は口元を鬼の面で覆った将だ。

俺は体勢を立て直し、そのまま門へと馬を全力で駆けさせる。

背中に敵将の怒号。

「張隻影《チョウセキエイ》っ！！！！！！！！！！」

「悪いなっ！　勝負はまた今度だっ‼」

振り返りながら、グエンに捨《す》て台詞《ぜりふ》を言い放ち、俺は敬陽の中へ。

すぐさま城門が音を立てて閉まっていく。

俺は砕けた剣を鞘《さや》へ納め、馬を降り、ふっ、と息を吐いた。

「はぁ……危うく死ぬとこだった」

『っ！』

周囲にいる新兵達は唖然《あぜん》といった様子で俺を凝視。古参の連中は満足気だ。

僅かでも士気が上がってくれれば良し、だ。

黒馬の頭を撫でていると、庭破《ティハ》が飛ぶような勢いで階段を駆け下りて来た。

「せ、隻影《セキエイ》様っ！　御無事ですかっ⁉」

「ああ。良い機だった、庭破《ティハ》。剣が折れたんだ。替えを」

白玲《ハクレイ》の髪紐《ひも》を解いていると、兵士達がわっと集まって来た。

「若！」「こいつを‼」「そうそう折れないと思います」「とにかく頑丈です」

先頭の古参兵が剣を差し出してきた。

標準的な物よりも分厚く、重い。実戦仕様の代物だろう。

「良いな。使わせてもらう」

「いえ。光栄でさぁ」

嬉《うれ》しそうに顔を綻ばせ、壮年の男は片手を心臓に押しやった。

見れば、他の兵士達も次々と同じ仕草。……うん？

「――張隻影様《チョウセキエイ》」

「？」

黙り込んでいた庭破《ティハ》が口を開き、俺を『張《チョウ》』という姓付きで呼んだ。

頬を紅潮させながら、本音を絞り出す。

「今までの我等は貴方《あなた》様の武才を認めつつも、心の何処かで侮《あなど》っておりました。『所詮は居候《いそうろう》』『張《チョウ》家の人間でありながら、武官ではなく文官を志望する臆病者』と。ですが……それは間違いでした。敬陽《ケイヨウ》守備兵の中に、『赤狼《せきろう》』と一騎打ち出来る者なぞ誰一人としておりません。貴方様は紛れもなく――張泰嵐《チョウタイラン》様の御子息であられます」

庭破《ティハ》と集まって来ていた千名以上の兵士達が一斉に敬礼。

『我等、張隻影《チョウセキエイ》様と共に最後の最期《さいご》まで戦い抜く所存っ！　何なりと御命令をっ‼』

俺は目を見開き、はっきりと思い出す。

――嗚呼《ああ》、そうだった。

俺は前世でも、こういう兵士達と共に戦うのが好きだったんだ。

妙に気恥ずかしくなり、黒髪を掻《か》き乱した俺は剣の柄に髪紐を結び直す。

「……阿呆共め。だが――感謝する。この戦いの決着がつくまで、無駄死には許さん！　親父《おやじ》殿と白玲《ハクレイ》が戻るまで、何日でも死守するぞっ‼」

『**応っ！！！！！！！！！！！！！！！**』

＊

「は、白玲様《ハクレイ》っ⁉　朝霞殿《アサカ》っ⁉」

栄《エイ》帝国首府――臨京《リンケイ》北部。張《チョウ》家の屋敷《やしき》前。

夕刻の大通りに、掃除をしていた老家人の悲鳴が響いた。

五日間、休み休みながら走らせた愛馬の首を撫《な》でる。「……ありがとうっ」と呟《つぶや》き、疲れ切った身体に鞭打《むちう》ち、降りて質問。

「……父上はいらっしゃる？」

「は、はいっ！」

慌てて外へ出て来た他の家人へ愛馬を託し、私達は屋敷の中へと進んだ。

途中、使者狩りの敵騎兵を幾度も撃退したにもかかわらず、疲れた様子を表に出していない朝霞《アサカ》も後に続く。

廊下を進み――内庭へ。

石造りの屋根の下、軍装姿の男性と橙《だいだい》色《いろ》の礼服を着て長い栗《くり》茶髪を二つ結びにしている少女とが向かい合って座っているのが見えた。後方には長く美しい黒髪の女性――東方の島国出身だという、静《シズカ》さんが控えている。

父上と……王明鈴《オウメイリン》？

疑問を抱いていると、父上が私達に気付き目を見開かれた。すぐさま立ち上がり、駆け寄って来てくださる。

「白玲《ハクレイ》！　如何《いかが》したっ‼」

「父上……」

私は何があったかを伝えようとし――温かく大きな胸に受け止められ、力が抜ける。

父上が顔を顰《しか》めた。

「……いや。隻影《セキエイ》がお前を寄越したならば——理由は一つしかあるまい。アダイが動いたのだな？」

「はい、これを」

懐《ふところ》から隻影《セキエイ》の書簡を取り出し、手渡す。

父上は私を朝霞《アサカ》へ託し、素早く読み始める。

「——あい分かった」

表情に戦意が満ち、【護国《ごこく》】張泰嵐《チョウタイラン》は、肩越しにお茶を飲んでいる少女へ通達した。

「明鈴《メイリン》殿。わざわざ来てもらったところ、大変に申し訳ないのだが——事は国家の存亡に関わる。儂《わし》は敬陽《ケイヨウ》へ急ぎ戻らねばならぬ。遠征糧食の件は、隻影《セキエイ》を窓口として交渉継続でどうだろうか？」

……この少女が父上と商談を？　当主ではなく？　つまり、それ程までに権限を持っている？　しかも『遠征』？？

老家人が椅子を持って来てくれたので、座り込む。今にも倒れてしまいそうだ。

王《オウ》家の少女は父上の提案を受けて、厳かに同意する。

「当方に異存はございません、張《チョウ》将軍の御武運をお祈りしております。——……いえ、折角の機会ですので、一点だけ」

「何であろうか？」

父の覇気を受けても、平然としている少女は朗らかに微笑《ほほえ》んだ。

そして、両手を合わせ、直截《ちょくせつ》的な要求を口にする。

「隻影《セキエイ》様なのですが――私の婿にいただけませんでしょうか？　父と母には既に許可を貰《もら》っております。聞けば、未《ま》だ正式に『張《チョウ》』姓をお与えになられていないとか……。で、あるならば、御家と当家の縁を結ぶこと、利大であると考えます」

「なっ⁉　あ、貴女《あなた》、何を言って……」「白玲《ハクレイ》様、御無理は」

瞬間、私の中に自分でも驚く程の激情が巻き起こり、朝霞《アサカ》に押し留《とど》められる。

……隻影《セキエイ》を婿に。冗談じゃなかったの？

父上が腕組みをされ、問われる。

「ふむ――理由を聞こうか」

王《オウ》家の少女は笑みをますます深めた。

何かを思い出すように空を見上げ、頬を薄《う》っすら染める。

「簡単なことでございます。あの御方が、私の命の恩人だからでございます。命に勝る恩義がこの世にありますでしょうか？」

隻影《セキエイ》は水賊に襲われていたこの少女を、間一髪のところで救ったという。

確かに『命を救われた』というのは大きな出来事だけれど、だからといって……。

視線を戻し、少女が大人びた顔で父上と私を見た。

瞳には、吹雪を思わせる冷たさ。

「客観的に申しまして——この国は大変に栄えております。今やその力、かつて大河以北を押さえていた時にも匹敵致しましょう。ですが、栄えているが故に……内部は腐りつつある。本来、貴方様はもっと早く最前線へ御戻りになられる予定であった筈《はず》。にもかかわらず、未《いま》だにこの地に留まることを余儀なくされている。それは、『和議恭順派』という獅子《しし》身中《しんちゅう》の虫に邪魔をされているが故。そんな愚か者共の中に、何《いず》れ私の隻影《セキエイ》様も関わらなければならない……正直申しまして、想像するだけで大変不快なのですよ。先には、冤罪《えんざい》にて『都追放処分』も受けられた、とも聞いております。しかも、首魁《しゅかい》の一人は老宰相閣下の孫だった、と言うではありませんか。私は、あの御方に私の隣で明るく笑っていていただきたいのです」

「…………」「……老宰相……あの時の……」

私は隻影《セキエイ》へちまきを届けた夜、遭遇した人影を思い出す。

英明と謳《うた》われる老宰相閣下ですら、身内を御しきれていないのだ……。

少女が立ち上がり、礼服を靡《なび》かせながら一回転。深々と頭を下げる。

「察するに——書簡の内容は『玄《ゲン》帝国の大規模侵攻』なのでしょう？　【西冬《セイトウ》】は玄《ゲン》の軍門に降《くだ》ったのですね？　これで、我が国は、二正面に敵を抱えることとなりました。然《しか》しながら、この三ヶ月間、無為な議論ばかりが繰り返されてきた宮中で、情勢を真剣に憂う方がどれ程おりましょうや？　老宰相閣下ですら、動くとはとても……。臨京《リンケイ》と敬陽《ケイヨウ》において、彼《か》の国との商いが明らかに増えていたのは、宮中にも伝わっていた筈。その中に、【玄《ゲン》】の密偵がいたことも、入手困難な品が大量に流入する、奇妙な事例が多発していたことも。けれど、直視出来なかった。『長年の友邦が裏切るわけがない』『七曲山脈《ななまがりさんみゃく》と白《はっ》骨砂漠《こつさばく》は騎兵じゃ踏破出来ない』。根拠なき楽観主義ですね。このような状況下では——最大兵力を持つ皇帝陛下直属の禁軍《きんぐん》が投入されるのは『敬陽《ケイヨウ》が陥落し、臨京《リンケイ》に危機が迫るまでない』と断言致します。今すぐにこの地を離れることが最優先かと。決断されるのであれば、必要な船は我が家が全て御用意致しましょう」

「……っ」「…………貴女」

父は声なき声で呻《うめ》き、私は絶句する。

私よりも背は明らかに低い。容姿だって胸以外は子供に見える。

だけど、この少女の才、底が知れない。

……隻影《セキエイ》が褒めるわけね。意識して髪紐《ひも》に触れる。

父上が、ふっと、息を吐かれた。

「……噂《うわさ》には聞いていた。『王《オウ》家の娘は麒麟児《きりんじ》である』と。だが、分からぬ。何故《なぜ》だ？　何故、それ程までに厚遇をしてくれる？　我等が勝ったとて、得られる利はそこまで多くはあるまい。知っての通り――宮中は『和議恭順派』が優勢だ」

確かにそうだ。儲《もう》けるだけならば、戦局が不利になった方が良いだろう。

緊急時ともなれば、それだけ物品の値段は上がる。

すると、少女は顔を上げ、不敵な笑みを浮かべた。

「私は商人の娘。平和の世を希求しております。戦は儲かりませんので嫌いです。――同時に南域だけでなく、北域、そして周辺諸国とも大々的に取引を行いたい。そして、何れは天下の商人に！　その野望の為《ため》には、貴方様方に勝ってもらう必要があるのでございますよ。【玄《ゲン》】も諸国も商人を蔑んでおりますし、【西冬《セイトウ》】は交易も盛んで、技術力にも目を見張るものがありますが、何分『仙娘《せんこ》が国祖である』と公称する変わった国なので。あと……恭順した場合、その銀子《ぎんす》を用立てるのは、結局のところ私達ですし？」

「「…………」」

　筋が通っている。私よりも年下の少女が、これ程の展望を持っているなんて。

　でも。王明鈴《オウメイリン》を睨《にら》みつける。

「……分かりません。だったら、どうして隻影《セキエイ》を欲しがるんですか？　確かに、ある程度の才はあるでしょう。ですが――他を圧する程ではありません。貴女の野望とやらには不要と考えます。他を当たってください」

　隻影《セキエイ》は書類仕事に向いていない。武才に比べれば、天と地の差だ。

　この少女の大それた野望に必要だとは到底思えない。

　すると、王明鈴《オウメイリン》は小首を傾《かし》げ――口調をガラリと変え、せせら笑ってきた。

「え？　そんなの決まっているじゃないですかぁ、張白玲《チョウハクレイ》様★」

「……どういう意味？」「白玲《ハクレイ》様」

　剣呑《けんのん》な声が出てしまい、朝霞《アサカ》に左袖を摑《つか》まれた。静《シズカ》さんも申し訳なさそうな顔だ。

　……こういう時こそ、冷静にならないと。

　私が深呼吸をしていると、背の低く胸の豊かな少女は楽しそうに身体《からだ》を揺らした。

「好いた殿方と一緒になって、生涯を添い遂げたい――そう思うことはそれ程、不思議な話じゃないと思いますけど？　隻影《セキエイ》様、とっても素敵ですし♪」

「なっ⁉」「ほぉ」「まぁまぁ」「……明鈴《メイリン》御嬢様」

私は絶句し、父上は髭《ひげ》に触りながら面白がるような声を零《こぼ》された。

激しく動揺しながらも、辛《かろ》うじて返す。

「……あ、貴女には到底扱いきれません。もう一度言います。他を当たってください」

「え？　張《チョウ》将軍ならいざ知らず、貴女様に許可を貰う必要が何処《どこ》にあるんですかぁ？」

頭が沸騰する。

……許可を取る必要がない、ですって？

隻影《セキエイ》とずっと一緒にいたのは私なのに⁉

立ち上がって王明鈴《オウメイリン》のすぐ傍《そば》へと進み、視線をぶつけ言葉を振り絞る。

「……あります。だ、だって、私は、私だけが、隻影《セキエイ》の……」

「全然、聞こえませ～ん♪」

「っ！　あ、貴女ねぇ……」

バンバンっ！

大きな音が内庭に響き渡り、小鳥達が一斉に飛び立った。父上が手を叩《たた》かれたのだ。

二人して視線を向けると、大袈裟《おおげさ》な咳払《せきばら》い。

「うっほんっ。――……二人共、そこまでにしておけ。話は戦が終わった後にせよ」

「「……はい」」

恥ずかしくなり、少女と同時に目を逸《そ》らす。……決着は戦の後に。

父上が真剣な面持ちで問われる。

「明鈴《メイリン》殿。儂の手勢は三千程だが、一気に敬陽《ケイヨウ》へ船で運べるだろうか？　武具、馬も合わせてだ。海路はアダイのこと、手は打っていよう」

雲霞《うんか》の如《ごと》き敵軍と比べれば僅か三千。されど——ただの三千ではない。

数多《あまた》の戦場において、父上と共に史書に残る活躍を示して来た熟練兵達だ。

敵の後方を突けば、一気に戦局を変え得る。

少女は両手を合わせ楽しそうに応じた。

「お任せください。こんなこともあろうかと！　既に手筈《てはず》は整えております」

少し……本当に少しだけ、隻影《セキエイ》に似ていて、心がざわつく。

私は前髪を弄《いじ》りながら、不安要素を指摘した。

「……確かに船ならば、多数の兵を一気に運べるでしょう。ですが、大運河を使おうにも、この時期は強い北風が吹いています。動きようがないのでは？」

「だが、馬と徒歩で移動すれば戦場に辿《たど》り着けてもまともに戦えん。敵は『赤狼《せきろう》』ぞ？」

確かにそうだ。幾ら父上でも、疲れ切った状態で『四狼《よんろう》』の一角と戦えば、苦戦は免《まぬが》れない。悩む私達に対し、外見詐欺の少女は唯一立派な胸を張った。

「百も承知ですっ！　旦那様……こほん。隻影《セキエイ》様とこの王明鈴《オウメイリン》の考案した船に死角はありませんっ！　二人でお茶を楽しんでいる際、一緒に仲良く考えたんです♪」

「…………」

心が荒れ狂い、嫉妬が噴出する。

……ずるい。私だって夜だけじゃなく、昼間も毎日お茶をしたいし、色々話したい。

この戦が終わったら――はっ。

「……白玲《ハクレイ》？」「白玲《ハクレイ》様？」「……ふぅ～ん」

私は我に返り、ブンブン、と頭を振った。

父上と朝霞《アサカ》が怪訝《けげん》そうにし、静《シズカ》さんは微笑んでいる。

……思った以上に疲れているのね。今のは忘れないと。

王明鈴《オウメイリン》の呟《つぶや》きは無視！

父上を目で促すと、御自分の胸を叩かれた。

「では――動くとしよう。白玲《ハクレイ》、儂《わし》は老宰相閣下に書簡の内容をお伝えしてくる。後程、会おうぞっ！　朝霞《アサカ》、疲れているところ済まぬが伴《とも》をせよ。明鈴《メイリン》殿、船の件を頼む」

「はい、父上」「畏《かしこ》まりました」「お任せください！」

そう告げられると、屋敷《やしき》へ向けて歩いて行かれ、途中で立ち止まられた。

「ああ……それと、だ」

「？」

振り返り、満面の笑み。瞳には心からの慈愛が見て取れた。

「よくぞ、敬陽《ケイヨウ》より僅か五日で駆け抜けたっ！　安心せよ。隻影《セキエイ》を見捨てはせぬ。あ奴《やつ》も儂の息子だ。誰がどう言おうともな」

「父上……」

胸がいっぱいになり、泣きそうになってしまう。

張泰嵐《チョウタイラン》の娘として、少しは責務を果たせただろうか？

心の重荷が軽くなったのを感じつつ——父上達が去ったのを確認し、私は髪を弄っている少女に目を向けた。

「……何を企《たくら》んでいるの？」

「本心をお伝えしたつもりですよ？　貴女《あなた》は違うんですか？」

「…………」

端的な受け答え。そこに嘘《うそ》があるようには思えない。

……それじゃあ、本当に隻影《セキエイ》を欲《ほっ》して？

「ああ、そうでした」

「？」

少女は机へと戻り、細長い布袋《ぬのぶくろ》を手にした。口紐を解《ほど》き中身を取り出す。

出て来たのは――

「これは……？」

円卓に取り出されたのは精緻な細工の施された双剣。純白と漆黒の鞘《さや》に納まっている。

柄《つか》に描かれているのは……星と大樹？　幼い頃、隻影《セキエイ》が描いてくれたものに似て？

椅子に腰かけ、足を組んだ少女が茶碗《ちゃわん》にお茶を注いだ。

「皇英峰《コウエイホウ》が振るい、王英風《オウエイフウ》へ託し天下を統《す》べた――【双星の天剣《てんけん》】です」

「なっ⁉」

私は信じ難《がた》い言葉に絶句。

……千年前の英雄が用い、以後は時の権力者が血眼になって求め続けた双剣。

これが？　本物の？　どうやって見つけたの？

混乱していると、少女は茶碗を掲げた。

「……探し出すのに苦労しました。とてもとても……とても苦労しました。文献を手当たり次第に調べ、最後に持っていたと伝わる王英風《オウエイフウ》の足取りを徹底的に追い、西冬《セイトウ》出身の怪しい自称仙娘《せんこ》に頭を下げ、そして遂《つい》に――彼が晩年を過ごしたという、西域外れの廃廟《びょう》内で発見したんです！　フフフ……私、勝負事に負けたことないんですよ♪　隻影《セキエイ》様にお渡しください。そして、『約束、守ってくださいね？』と☆」

「……この前、隻影《セキエイ》に闘茶《とうちゃ》で負けていましたよね？」

嫌な予感を覚えつつも、王《オウ》家を訪ねた際の光景を思い出し、指摘する。

すると、少女は露骨に動揺し、両手をぶんぶん振り回した。

「あ、あれは、お遊びです。そうですっ！　私が負けるわけがありません。隻影《セキエイ》様がちょっとおかしいだけですっ！」

こういうところはとても子供っぽい。普段もこうなら良いのだけれど。

「……ちょっとおかしい、のには同意します。それで？　この剣、使えるんですか？」

「……さぁ？」

「……貴女ね」

使えない剣に意味なぞない。隻影《セキエイ》ならば間違いなくそう言うだろう。

少女は目を逸らし、言い訳のように早口。

「わ、私だって剣身を見てみようと思ったんですよ？　何しろ、伝承通りなら作られてから千年――自称仙娘曰《いわ》く『神代に打たれた代物』『鞘も同様の時代の物』だそうですし。でも……どうしても抜けないんですっ！」

「抜けない？」

私はまじまじと双剣を見つめた。

千年前の剣とは思えない程に美しい。錆《さ》びついているようにも見えないけれど……。

確認の為《ため》、後方で控えている静《シズカ》さんへ目を向ける。

すると、黒髪の少女は小さく首肯。……事実のようだ。

王明鈴《オウメイリン》が匙《さじ》を投げる仕草をした。

「少なくとも、うちの者は誰も抜けませんでした。伝承によれば【天剣】を抜けたのは、皇英峰《コウエイホウ》と王英風《オウエイフウ》――【双星】のみだった、と」

「…………分かりました」

私は布袋に双剣を入れ直し、少女に約束する。

「この双剣は隻影《セキエイ》に必ず渡します」

すると、王明鈴《オウメイリン》は怪訝そうに私を見た。探るような口調。

「……良いんですか？　気付いていますよね？　そうしたら、私と隻影様《セキエイ》は……」

「今は火急の時です。父上が敬陽《ケイヨウ》へ戻る船を持っているのが貴女なら……」

私情は二の次です。

そう言おうとするも、言葉が出て来ない。……疲れているのだ。きっとそうだ。

少女は私を見つめ、片目を瞑《つぶ》った。

「ふぅ～ん……ま、良いですけど、ね～。どうせ、勝つのは私ですし。――船の準備が整うまで時間はあります。入浴して、食事！　その後は少し眠ってください。疲労は全ての敵ですよ？　張白玲《チョウハクレイ》様？」

＊

「そうか……またしても、奴に…………張《チョウ》家の小僧に阻《はば》まれたか」

「……はい。申し訳ありません、グエン将軍」

敬陽《ケイヨウ》より西方、攻囲軍本営。

我等が難攻不落の城砦《じょうさい》都市に攻撃を開始して早十日が経《た》った。今頃、兵達は泥のように眠り、昼間の疲労を少しでも回復させようとしているだろう。

私と諸将に戦況を報告した若い参謀は、身体《からだ》を震わせて言葉を吐き出した。

「あの者は……張隻影《チョウセキエイ》は人間とは思えませぬ。東西南北、昼夜問わず何処《どこ》にでも現れ、矢を放ち、剣を振るってきます。御指示通り、隊長格には昼間は盾の陰より指揮するよう徹底し、夜間は篝火《かがりび》の傍《そば》に立たぬよう徹底しておりますが……多数の死傷者が出ております。兵達の中には【皇不敗《コウふはい》】の生まれ変わり、なぞという噂《うわさ》も広がっております」

「虎の子は幼くとも虎か……私も一介の兵だったならばそう思ったやもしれぬ。事前の諜報《ちょうほう》活動で、敵軍の兵数と配置まで把握しておきながら、落とせぬとは……」

ほぼ傷の癒えた左腕を動かしながら、私は零《こぼ》した。

——僅か一人。

だが、その一人が敵の士気を鼓舞し味方の士気を下げている。

初戦で私が無様に負傷さえしなければっ！

途端、パチパチと薪が音を立てて砕けた。初夏とはいえ夜は未《ま》だ冷える。

私は自ら張《チョウ》家の小僧への怒りを押し殺し、参謀へ確認しておく。

「……損害は？」

「幸い死者はそれ程出ていません。然《しか》しながら……負傷者が異常に多く、血止めの布や、傷薬が不足しつつあります。また、後送する為の兵員も取られています」

「時を稼ぐつもりかっ。……忌々《いまいま》しい小僧めっ！」

卓の上に乗っている駒を右手で払う。

本来ならば、敬陽《ケイヨウ》はとっくの昔に落としている筈《はず》だった。

だが、敵は初日の一騎打ち以降、堅く門を閉ざし、寡兵ながら恐るべき戦意で抗《あらが》い続けている。このままでは……私は書簡に目を落とし、顔を歪《ゆが》めた。

余り眠れていないのだろう、疲労の色の濃い参謀が恐怖を浮かべながら、問うてくる。

「皇帝陛下は、何と……？」

額を左手で押し、私は書簡を卓へ置いた。

「**『敬陽《ケイヨウ》に抑えの兵を置き、残る全軍で大河南岸を突くべし』**。後は労《いた》わりの御言葉だ」

「『…………』」

諸将と参謀達が深刻な顔で黙り込む。分かっているのだ。陛下の御判断は正しい。

たとえ、敬陽《ケイヨウ》を落とせなくても……【西冬《セイトウ》】を降《くだ》した以上、我等は北方と西方に侵攻路を得たに等しい。戦略的には勝っている。

これは、三年前に『大森林と七曲山脈《ななまがりさんみゃく》を軍で踏破。【西冬《セイトウ》】を一撃で恭順させ、敬陽《ケイヨウ》を強襲する』という、私と友の意見を受け入れてくださったアダイ陛下の御心故だ。

なれど、敵は僅か三千足らずっ。味方は三万を超えているのだ！

一都市すらも独力で落とせないとなれば、私と、我等の武名は地に落ちよう。

そのような恥辱……此度《こたび》の大遠征で命を落としていった部下達へ伝えられようかっ‼

皆の顔にも覚悟が滲《にじ》み出ている。私と同じ想《おも》いだったようだ。

鬼の面で口元を隠している副将が口を開く。

「どう致しますか……？　やはり、損害に構わず総攻めを？」

「いや」

頭を振り、炎を見つめる。

……私は張《チョウ》家の小僧を我が手で討つべく、陛下への報告を怠っている。勝たねばっ。

「敬陽《ケイヨウ》の城壁は情報以上に堅く、敵兵の士気は高い。旧来の攻城兵器では落とせまい。兵糧《ひょうろう》攻めは時間が足りず、兵をこれ以上損なえば、陛下の御不興も買おう」

部下達の顔を見渡す。

皆、大森林と七曲山脈を越えた掛け替えのない戦友達だ。

……つまらぬ意地で、この者らにまで恥をかかせるわけにはいかぬ。

私は重々しく決断を下した。

「例のモノを使う。突入部隊には重鎧《じゅうがい》と兜《かぶと》の装備を厳命せよ」

『…………』

皆は一様に黙り込み、俯《うつむ》いた。

【西冬《セイトウ》】から接収した新兵器の恐るべき威力と、革鎧《かわよろい》よりも遥《はる》かに防御力に優れる金属製の鎧兜を認め、訓練は十分受けていても……我等は『赤槍騎《せきそうき》』。

速度に物を言わせた騎兵突撃こそが本懐であり、強敵、雄敵を打ち倒してきたのだ。

――異国の新兵器投入と重鎧をこの身に纏《まと》うのは、我等の名誉を汚《けが》しはすまいか？

心中に湧き上がった自らへの問いを押し殺す。

机を手で叩《たた》き、私は歯を食い縛った。

「……我等は勝たねばならぬ。たとえ、武人としては不本意でも負けるよりは遥かにマシだ。時をかければ、都で足を取られている張泰嵐《チョウタイラン》も、彼奴《きゃつ》等の都から戻って来かねぬ。

――明朝、敬陽《ケイヨウ》を落とすっ！　張隻影《チョウセキエイ》の首をあげ、張泰嵐《チョウタイラン》の娘以外は皆殺しにせよっ!!!」

『――……はっ！』

一斉に唱和し、皆が天幕を出て行った。

独りになり、私は炎の影に揺らめく赤い重鎧を見つめた。

「……虎の子は虎。確かにそうなのだろう。だが――……余りにも強過ぎる。奴《やつ》はいったい何者なのだ……？」

答える者はおらず、最後の薪が音を立てて崩れた。

＊

籠城《ろうじょう》戦十日目の明け方。

敬陽《ケイヨウ》北部にある張《チョウ》家の屋敷《やしき》で仮眠を取っていた俺は、この世の終わりのような破壊音と地面の揺れで跳び起きた。前世でも今世でも聴いたことがない轟音《ごうおん》だ。

枕元の剣を手に取ると――再び凄《すさ》まじい破壊音。

地面も大きく揺れ、悲鳴や怒号。緊急事態を報《しら》せる半鐘の音が都市全体に鳴り響く。

同時に、身体の一部が喪《うしな》われたかのような嫌な感覚。

「まさか……」

俺が呻《うめ》いていると、汗だくの庭破《ティハ》が部屋へ飛び込んで来た。

「せ、隻影《セキエイ》様っ！　西門が、西門が破られましたっ‼　現在、必死に防戦中ですが、巨大な盾と金属製の鎧兜を身に着けた敵兵の前進が止まりませんっ！！！！」

「！　……そうか」

元々無茶な戦い。

『赤槍騎』は攻城戦を苦手にしていたらしく、兵達の奮闘もあって今日まで粘れたが、遂《つい》に限界が来てしまったのだ。

三度、四度、五度――数えきれない程の轟音。

視界を掠《かす》め、真っ赤に焼けた丸い球が空中を駆けて消えた。

朧気《おぼろげ》な前世の記憶と都で読んだ様々な書物、明鈴《メイリン》の話していた内容を必死に思い返す。

……異常なまでに甲高い音と丸い球からして、おそらくは超大型の投石器。

【西冬《セイトウ》】が極秘裏に開発していたという新兵器かっ。

剣を腰に提げ、少しでも身軽になる為、軽鎧《けいがい》を脱ぎ捨てる。

血と埃《ほこり》で汚れた青年へ命令。

「庭破《ティハ》！　兵を可能な限り集めて、残っている住民と南門から脱出しろ。西門の部隊は俺が後から追わせる」

「なっ⁉　せ、隻影《セキエイ》様は如何《いかが》なさるのですかっ！」

弓を手にして矢筒を担《かつ》ぐ。剣の柄《つか》の髪紐《ひも》が目に入り、白玲《ハクレイ》の泣き顔が脳裏を過《よぎ》る。

……あいつ、怒るだろうなぁ。瞑目《めいもく》し、言い切る。

「攻勢時は先頭。撤退時は殿《しんがり》――張《チョウ》家の伝統だ。行けっ！　時を無駄にするなっ‼」

「っ！　は、はっ‼」

庭破《テイハ》は俺の覚悟を察し、拳を心臓へ付けた。肩を叩き、廊下を進んでいく。

敵の攻撃は続き、地面の揺れは収まらない。

「隻影《セキエイ》様……御武運をっ！」

悲痛な庭破《テイハ》の声を背中に受け、俺は左手を掲げた。


黒馬で通りを駆け抜けながら、動揺している兵達に「南門へ！」と指示を飛ばす。

近くの建物に真っ赤な影が突き刺さり、轟音。炎が広がっていく。

片手で土埃《つちぼこり》を防ぎながら、俺は呻く。

「……とんでもないな」

見知った建物や、樹木が打ち砕かれ、焼かれた金属製の球によって火災が広がっていく中を駆け抜け――西門近くへ到着。

あれ程、頑強に敵の攻撃を凌《しの》ぎ続けていた巨大な城門に大穴が開き、次々と大楯を持った敵の重装歩兵が侵入して来ている。装備は全て赤色だ。……なりふり構わずか。

血だらけの兵士達が俺に気付いた。

「若っ！」「隻影《セキエイ》様っ！」「門がっ！　敵がっ！」

俺は担いでいた弓を手に取り、矢をつがえ――放った。

『！』

狙い違《たが》わず、最前線で指揮していた敵騎兵の額を射貫く。

敵味方関係なくどよめく中、俺は大声で指示を出す。

「動ける者は南門へ退《ひ》き、庭破《テイハ》の指揮に入れっ！　殿は俺がやるっ‼」

『っ⁉』

味方が驚愕《きょうがく》し、俺をまじまじと見つめた。

矢を速射し、大盾の隙間に隠れた敵前線指揮官達を威嚇する。

「抗弁はなしにしろ。皆、今日まで本当によく戦ってくれた。戦功は書状に書いておいたから、安心してくれ。行けっ！！！！」

『…………はっ』

歴戦の古参兵達、今回が初陣《ういじん》の新兵や志願兵。

ほぼ全員が涙を零《こぼ》しながら敵軍へ必死に反撃し、少しずつ退いていく。

俺の叫びを聞き、金属製の鎧兜を身に着けた敵騎兵の一人が槍《やり》の穂先を向けてくる。

「**張隻影《チョウセキエイ》っ！！！！！**」

敵兵の間に緊張と恐怖が走る。この数日間で俺も随分有名になったようだ。

そう言えば――前世も確か初陣は籠城戦だったな。

派手な赤兜を被《かぶ》っている、指揮官らしき中年の男が剣を突き付けてきた。

「奴を討てっ！　討てば――此度、最大の功とならんっ‼」

「――……悪いが」

弓を限界まで引き絞り――射る。途端、弦《つる》が限界を超えて切れた。

最後の矢は、

「！　がっ………………」『！』

重鎧ごと心臓を貫き、敵将を絶命させた。弓と矢筒を投げ捨て、冷たく一瞥《いちべつ》。

「お前に関わっている暇はないんだ。……さて」

剣を一気に抜き放ち、唖然《あぜん》としている敵兵を威圧。

「死にたい奴から相手をしてやろう――かかって来いっ！」

『～～～～っ！』

敵兵の戦意が乱れ、隊列が激しく崩れる。

――戦機。

俺は馬を一気に駆けさせ、敵兵を追い立て門の外へ。

近場で指揮棒を振り回しながら、丸兜の敵将が必死に兵を統率しようとしている。

馬が俺の意思を察して、更に速度を上げた。見る見るうちに敵将が近づく。

「貴様等、何をしているっ！　戻れ、戻らんかっ‼　門は既に破壊している。後は突入し、蹂躙《じゅうりん》すれば良いだけ――っ⁉」

反応すらさせず首を斬り飛ばし、疾走。剣の血を払いながら零す。

「これで二人目。グエンは――」

敵総大将を見つける前に、長斧を持った禿頭《とくとう》の将が咆哮《ほうこう》しながら突撃してきた。

「**オオオオオ！！！！！！**」

「っ！」

重い一撃を咄嗟《とっさ》に受け流し、距離を取る。

敵将は頭上で長斧を回しながら、叫んだ。

「**張隻影《チョウセキエイ》っ！　その首、貰《もら》い受けるっ！！！！**」

立ち直りが早い。

俺は単騎。敵兵が混乱を回復し……囲まれれば死ぬ。

けれど、南門の味方が脱出するまでは粘る必要がある。

その為《ため》には敵のグエンを討つしか——敵将の馬が駆け、風切り音と共に襲い掛かって来た長斧の一撃を辛《かろ》うじて躱《かわ》す。

「どうしたっ！　その程度かっ‼」

嘲りを無視し、敵の戦列に目を細める。

——見えた。

小高い丘に一際《ひときわ》巨大な『赤き狼《おおかみ》』の軍旗。

間違いなく、グエンはあそこにいるっ！

「死ねぇぇぇぇいっ！！！！」「うるせぇっ！　邪魔だっ‼」

長大な斧が振り下ろされる前に、重鎧の隙間を数閃《すうせん》。

「！……馬鹿、な……かい、ぶ、つ………」

敵将は目を限界まで見開いて吐血し、ドサリと落馬。

戦いに介入しようとしていた敵兵の瞳に畏怖。構えている槍の穂先が震えている。

俺は小さく呟《つぶや》く。

「……これで三人」

戦場の混乱に乗じ、馬を駆けさせていると、巨大な木造の構造物が目に飛び込んで来た。

外見は四つ牙象を模しているようだ。そして、この獣がいるのは……。

「やっぱり、【西冬《セイトウ》】の投石器か。もうそこまで協力をっ」

先程、都市内に進軍してきた敵兵の鎧《よろい》は、玄《ゲン》帝国のそれと異なり金属製だった。

異国の兵器であろうとも、有用なら導入する。

玄《ゲン》帝国皇帝【白鬼《はっき》】アダイ・ダダ……恐るべし。

「撃てっ！！！！　奴を将軍の元へ絶対に行かせるなっ！！！！」

恐慌《きょうこう》状態に陥っていた兵を纏《まと》め上げ、若い将が指揮棒を振ると、今までの幸運を取り立てるかのように、無数の矢が俺を狙ってきた。

剣を振るい、薙《な》ぎ払って防ぎ切る。

「ちっ！」

舌打ちしながら、敵兵に向かって突進。

味方射《う》ちを恐れ、矢は降って来なくなったものの——馬が急停止。

目の前に立ち塞がっていたのは、口元を鬼の仮面で覆い、馬にも赤の革鎧《かわよろい》を身に着けさせた敵将だった。手には古めかしい大剣を持っている。

「まさか、単騎で此処《ここ》までやって来るとは……緒戦で義兄の左腕を断ち、兵達が【皇不《コウふ》敗《はい》】の生まれ変わり、と噂《うわさ》するわけよ。だがっ！」

擦れ違い様の強烈な一撃を躱すと、地面に放置されていた鉄盾が両断された。

まともに受ければ、とてもじゃないが剣がもたない。

敵将の駿馬《しゅんめ》が俺の後を追って来る。

「グエン様の元には行かせぬっ！　我等は『赤狼《せきろう》』が率いし『赤槍騎《せきそうき》』！　今までもお前のような若き虎を数多《あまた》討って来た。此度《こたび》も同じことだっ！！！！」

馬が荒く息をし、速度が落ちていく。

……やるしかない、か。

覚悟を決め反転。立ち向かう。

「おぉぉぉぉぉ！！！！！　張隻影《チョウセキエイ》、覚悟っ！！！！！」

敵将が裂帛《れっぱく》の気合を叩《たた》きつけながら、大剣を大上段に構えて振り下ろし――

「がっ⁉　……は、速すぎる。ま、まさか、本当に…………」「副将殿！」

利那先に煌《きら》めく、俺の剣の一閃《いっせん》により両断された右腕と大剣が宙を舞う。

敵将は愕然《がくぜん》としながら、激痛に耐え切れず落馬。敵の若い指揮官が悲鳴をあげ、戦列に動揺が走った。

「……四人！」

血に濡《ぬ》れ、刃毀《はこぼ》れが激しい剣を見ながら、俺はその隙に小高い丘へ馬を駆けさせる。

短時間に自分達の指揮官を次々と喪《うしな》い、統率が混乱しきった敵兵の中を進み――遂《つい》に、丘を登り終える。

途端に馬がへたり、倒れ込んだ。

俺はすぐさま飛び降り、「……有難《ありがと》うな。いいか、絶対に死ぬなよ？」と首を撫《な》で――

赤に染めた金属製の鎧兜《よろいかぶと》を身に着け、左頬に傷跡がある敵総大将に向き直った。

巨大な半月刃を妖しく光らせた方天戟《ほうてんげき》を手に持つグエンが唇を歪《ゆが》め、重々しく一言。

「――……来たか、虎の子よ」

剣を振って血を払い、構える。

敵兵達が周囲に戦列を組みつつある。退路なし。

グエンは鎧兜の重さを気にもせず、方天戟を右手だけで振り回し聞いてきた。

「部下達の多くを討ったようだな」

「……悪いな」

淡々としたやり取り。

濃い血の臭いと共に、ほんの微《かす》かに――新しい土の匂い。

……まさかな。来るにしても早過ぎる。

俺は自分が思っていた以上に、白玲《ハクレイ》を待っていたらしい。

グエンが沈痛な顔になり、頭を振った。

「私の迷い故だ……。ただ、貴様等を殺すのであれば」

戟《ほこ》で巨大な投石器を指し示す。後方には幾つも巨大な加工された金属製の丸玉。

「最初からあの忌々《いまいま》しい兵器で全てを破壊すれば良かった。そうしなかったのは……私が貴様の力量を見誤り、決着に拘《こだわ》ってしまったからだ。その愚かさにより、部下達は死んだ。——……合わす顔がないっ」

グエンの瞳に凄《すさ》まじい激情が宿った。戟をゆっくりと両手で構える。

「だが——もう迷わぬ。張隻影《チョウセキエイ》。貴様を討ち、全てを終《お》わらそうっ！」

「「いざっ‼」」

同時に叫び、距離を一気に詰めて打ち合う。空間に火花が舞い散った。

連戦のせいだろう。身体《からだ》が重く、少しずつ、少しずつ確実に押されていく。

鋭く激しい連続攻撃を躱しきれず、左右の腕、身体のあちこちに出血。更に動きが鈍る。

「どうしたっ！　どうしたっ‼　動きが鈍いぞっ‼　それが、貴様の力かっ‼!」

剣が軋《きし》み、悲鳴をあげ、鮮血が柄《つか》に流れ、白玲《ハクレイ》の髪紐《ひも》を汚していく。

グエンが獣の如《ごと》く、咆哮した。

「はぁぁぁぁぁぁ！！！！！！！！！！！」

戟の横薙ぎをしゃがみ込んで躱し、鎧と鎧の隙間を狙い、全力の突き。

――嫌な感触と、断末魔のような金属音。

「惜しかったな」

「っ！　ぐっ！」

グエンが身体を瞬時に動かし胴鎧で受けたせいで、剣は半ばから折られた。

更に、戟の柄で俺自身も地面に叩きつけられる。激痛。

剣身がやや遅れて地面に突き刺さった。左手も……折れたか。

赤き狼が戟を突き付け、勝ち誇る。

「しかし、ここまでだ！」

「…………」

俺は右手で短剣の柄を握り、黙る。南から風が吹き新しい土の匂いが近づく。

グエンが目を細め、純粋な称賛。

「張隻影《チョウセキエイ》。お前は真《まこと》に恐るべき男だった。おそらく……いや間違いなく、数年後には張《チョウ》泰嵐《タイラン》を超え、我等にとって最大の敵となっていただろう。その爪と牙は、アダイ陛下にも届いたかもしれぬ」

「…………」

微かに……微かに馬の駆ける音が聞こえる。

一騎や二騎じゃない。百……いや、それ以上だ。南風が吹き始める。

音を立てながら戟を回転させ、グエンが冷たく告げてきた。

「だからこそ！　確実に今ここで私が殺す。貴様は危険過ぎるっ！　生かしておけば、数多の者がその刃に倒れよう。……せめてもの慈悲だ。妹もすぐに後を追わせてやる」

「……はっ。『赤狼』様はお優しいことで」

俺は立ち上がり、手の血を拭った。

グエンが怪訝《けげん》そうな顔になる。

「……何のつもり――……むっ！」

突如、鐘の音が戦場に響き渡った。

そして、南方の丘の陰から多数の騎兵が敵陣へ突撃を開始した。

翻《ひるがえ》る軍旗に描かれているのは――【張《チョウ》】。

親父殿《おやじどの》が直率する古参親衛隊だ！

グエンは周囲を見渡し、激しい歯軋《はぎし》り。

「ば、馬鹿な……張泰嵐《チョウタイラン》と謂えど、早過ぎるっ！　もう、臨京《リンケイ》から戻ったというのか⁉
密偵の情報は――」

馬の嘶《いなな》きと共に周囲の敵戦列が一部吹き飛ばされた。矢避けの盾が宙を舞う。

俺は右手の握力を確かめ――ニヤリ。

「何のつもりかって？　お前に、『赤狼』のグエンに勝つ気だよ――白玲《ハクレイ》っ！！！！」

「ええ！」

「⁉」

真っ先に丘を駆け上り、敵戦列を突破してみせた白馬に乗る銀髪の美少女がグエン目掛けて矢を放つ。俺と同じ考えなのだろう。機動性を上げる為、軽鎧《けいがい》を身に着けていない。

虚をつかれるも――流石《さすが》は『赤狼』。

「舐《な》めるなぁぁぁぁぁぁ！！！！！！！！！！」

額に青筋を浮かべながら、悉《ことごと》くを弾く。

その間にも味方騎兵が敵軍の横腹を喰《く》い破り、次々と打ち倒していく。

グエンが目を見開き、わなわなと怒りで身体を震わせ怒鳴った。

「貴様等っ！　如何《いか》なる魔術を用いたっ！！！！」

「魔術じゃありません。技術です」

白馬が俺の傍《そば》へ到着し、すぐさま地面に降り立った銀髪の美少女は俺へ長細い布袋《ぬのぶくろ》を渡すと、怒れるグエンに矢を速射。その足を無理矢理止めながら、叫ぶ。

「王家《オウ》の娘からです！」

「明鈴《メイリン》から？」

訝《いぶか》し気に思いながら口紐を取ろうとし――白玲《ハクレイ》に頼む。

「すまん。左手が動かないんだ」

「っ……」

一瞬辛《つら》そうな顔になりながらもグエンへ矢を放ち、少女が一瞬で紐を解《ほど》く。

中身を見た俺は息を呑《の》んだ。

黒と白の双剣。俺の愛剣であり、盟友に託した【天剣《てんけん》】。

驚愕《きょうがく》しつつも、黒の剣――【黒星《こくせい》】を手に取り、名を呼ぶ。

「白玲《ハクレイ》！」

「何です――任せてっ！」

俺の目を見ただけで察し、銀髪の少女はあっさりと弓を捨てると白の剣──【白星《はくせい》】をその手に取った。

顔を怒りで深紅に染めたグエンが大咆哮《ほうこう》。

「おのれ、小賢《こざか》しい真似《まね》をしおってっ！！！！！」

俺は懐《なつ》かしき愛剣の柄を握り、少し不安そうな少女の名を呼んだ。

「白玲《ハクレイ》、大丈夫だ」

「──当然、です」

二人して頷《うなず》き合い、グエンに向けて、剣を抜かないまま左右から突進。

猛将は方天戟を大回転させ、怒号。

「浅はかなっ！　二人がかりでなら、私を倒せると思うかっ!!　死ねぇぇいっ！！！」

「白玲《ハクレイ》っ！！！！」「隻影《セキエイ》っ！！！！」

同時に叫び、グエン全力の横薙《な》ぎを間一髪で躱《かわ》す。

俺達は一気に──抜剣！

漆黒と純白の斬撃が交差。鋼鉄製の鎧《よろい》ごと赤き狼《おおかみ》を切り裂いた。

猛将の口から鮮血が溢《あふ》れ、戟が地面に突き刺さり、兜《かぶと》も地面へと落ちる。

瞳を大きく見開き驚愕。

「鋼鉄の鎧を斬る、漆黒と純白の、剣……ま、さか……【双星の天剣】……ぐふっ」

直後、と玄の『赤狼《せきろう》』は地面にゆっくりと崩れ落ちた。

俺は最後の気力で獅子《しし》吼《く》する。


「**敵総大将『赤狼』――張 隻影《チョウセキエイ》と張白玲《チョウハクレイ》が討ち取ったっ!!!!!!!!!**」


戦場全体に歓声と悲鳴、怒号が飛び交う。

敵の隊列が崩れ、軍旗も次々と倒れて行き、多くは北へ北へ敗走していく。

……西へ逃げないと、礼厳《ライゲン》達に捕捉される。

けれど、その判断を下す将がもう残っていないのだ。

俺は憐憫《れんびん》を覚えつつも、漆黒の剣を鞘《さや》へどうにか納めその場にへたり込んだ。

「…………ふぅ」

何時《いつ》の間にか、周囲には味方騎兵が十重二十重《とえはたえ》に集まり、俺達を護衛してくれている。

向けられている視線の多くは賛嘆と畏怖だ。……後々面倒かもな。

「ん？」

違和感を覚え北の丘へ目を細める。変な視線を感じたんだが……気のせいか。

味方へ指示を出していた白玲《ハクレイ》は剣を鞘へ納め、白馬に括《くく》りつけていた背嚢《はいのう》から竹筒を取り出し、左腕に水をかけてきた。

激痛で顔が歪《ゆが》む。

「～～～～～～～っ！！！！！」

「……動かないでください。何か言うことは？」

「随分と……早かった、な。どうやったんだ？」

臨京《リンケイ》から敬陽《ケイヨウ》までは、どんなに良い馬でも七日はかかる。

帆船で大運河を遡るにしても風が必要だが、ついさっきまでは強い北風だった。

隣に座った白玲《ハクレイ》が不満気な顔になる。

「……違うでしょう？　さ、もう一度です」

俺は頬を掻《か》き、素直に頭を下げた。

「あ、ありがとう。助かった」

「よろしい、です」

満足気に頷き、少女は俺の左腕に布を当てて縛った。血が滲《にじ》んでいく。

丘の下から味方の勝鬨《かちどき》が聞こえて来る。俺はぽつりと零《こぼ》す。

「勝った、か」

「――ええ」

白玲《ハクレイ》が俺の汚れた頬を布で拭い、心底嬉《うれ》しそうな微笑《ほほえ》み。

「貴方《あなた》が勝たせたんですよ？　自称文官志望の居候《いそうろう》さん？」

「……柄じゃねぇなぁ……。全部親父殿とお前に押し付けて――ぬぉっ」

『月影《げつえい》』が俺の頬を舐め、咎《とが》めるように鳴いた。大袈裟《おおげさ》な動作で嘆く。

「お前まで俺を責めるのか……？　俺の味方は何処《いずこ》にありやっ⁉」

「馬鹿ですね。目の前にいるじゃないですか？　大半は敵ですけど。はい、これ。今の内に返しておきます」

「ん？」

白玲《ハクレイ》が鞘に納まっている【白星】を差し出してきた。

俺は返答しようとし――

「……お？」「きゃっ」

白玲《ハクレイ》へもたれかかった。ヤバい……意識が…………。

「い、いきなりなんですかっ！　わ、私にも心の準備があるんですから、予《あらかじ》め言っておいて——隻影《セキエイ》？　隻影《セキエイ》っ⁉　誰かっ！　誰か来てっ‼‼　隻影《セキエイ》がっ‼‼」

ああ～そんなに泣くなよなぁ……大丈夫、だから……。

幼馴染《おさななじみ》の少女が取り乱す声を聞きながら、俺は遂《つい》に意識を手放した。

終章

『なぁ――いい加減教えてくれよ。どうして、英風《エイフウ》に剣の一振りを渡しちゃ駄目なんだ？　俺は別に【黒星】だけで構わないぜ？』

『ん？　なんだ、英峰《エイホウ》。分かってなかったのか？』

――夢を見ている。とても懐かしい夢を。

煌《トウ》帝国宮殿最奥《さいおう》。皇帝の寝所。初代皇帝が病に倒れ、見舞いをした時だ。

痩せた親友の顔が苦笑する。

『……英風《エイフウ》はな、昔からずっとお前に嫉妬し続けている。初陣《ういじん》に出遅れたことも、お前が戦場で武勇を振るい、兵達に好かれていることにも。そんな必要は微塵《みじん》もないのにな。だから、何があってもお前にだけは頭を下げられない。それじゃ、あいつは何時《いつ》まで経《た》っても成長しないだろ？』

『……俺に嫉妬ねぇ』

俺は双剣の鞘に触れ、顔を顰《しか》めた。

片や天下の大丞相《じょうしょう》。

片や凡百の大将軍。

何を嫉妬することがあるのやら。初代皇帝が更に笑みを深めた。

『……英峰《エイホウ》、お前はお前のままでいればいい。俺が死んだ後、もし、英風《エイフウ》がお前に頭を下げて来た時は助けてやってくれ』

『下げなくたって助けるさ。何せ古馴染《なじみ》だからな』

寝室に苦しそうな笑い声が満ちた。

親友は何度も頷く。

『嗚呼《ああ》……だから、だからだ、莫逆《ばくぎゃく》の友よ。お前は昔から、一切の損得なしで俺や英風《エイフウ》を助けてくれた。世の者達は俺達を褒《ほ》め称《たた》え、お前を心の片隅で侮《あなど》っているようだが……真の英傑はお前なんだ、皇英峰《コウエイホウ》。だからこそ俺は……遥《はる》か神の時代、天より降って来た星を用い、全知の賢者が乱世を憂いて打った双剣をお前に――』

＊

「ん………」

意識がゆっくりと覚醒していく。

ぼんやりとした灯《あか》りの炎。丸窓の外には雲に隠れた大きな月。

確か戦は早朝から始まって、それで——俺は上半身を起こし、周囲を見渡した。

「此処《ここ》は……」

どうやら張《チョウ》家屋敷《やしき》の自室のようだ。破壊は辛《かろ》うじて免《まぬが》れたか。

俺が着ている物も軍装ではなく薄紺の寝間着。左腕には包帯が何重にも巻かれている。

「あら？　起きたんですか」

「……白玲《ハクレイ》」

部屋にお盆を持った銀髪の美少女が入って来た。髪をおろし、薄蒼《あお》の浴衣《ゆかた》を着ている。

寝台から出ようとすると、鋭い叱責。

「動かないで！」

すごすごと引き下がり、俺は行動を停止した。近くに弦《つる》の切れた俺の弓も立てかけられている。回収してくれたようだ。

寝台脇の丸い文机にお盆を置き、椅子に座った少女へ質問する。

「戦況はどうなった？」

「一部は西方へ逃げましたが、大半は大河へ追い落としました。大河北岸に布陣していた皇帝の率いる敵主力も退《ひ》いたそうです。父上は【西冬《セイトウ》】へ偵察を放たれました」

「そっか」

親父殿《おやじどの》はグエンを喪《うしな》った敵軍を容赦なく大河へ追い込み、殲滅《せんめつ》したようだ。

白玲《ハクレイ》がちまきの竹皮を剝《む》き始めた。蒸したてらしく湯気が出ていて美味《うま》そう。自分が空腹なことを自覚して、腹が鳴る。

くすり、と表情を緩め、少女がちまきを差し出してきた。

「はい。食べられますか？」

「大丈夫——痛《い》ってぇっ！」

左腕を伸ばそうとして俺は悲鳴をあげた。白玲《ハクレイ》が淡々と教えてくれる。

「折れてはいませんでした。ただし、当面動かすのは禁止です。——はい、どうぞ」

「？　……えーっと、白玲《ハクレイ》さん？」

口元に差し出されたちまきを見て、俺は困惑した。

少女は微《かす》かに頬を染め、早口。

「仕方ないでしょう？　貴方は怪我《けが》しています。父上にも『隻影《セキエイ》の面倒をしっかり見よっ！』と言われています。これは謂《い》わば軍務です。他意はありません」

「……なるほど」

右手は問題なく動くんだが……是非もなし。俺はちまきにかぶりついた。

素直に感想を口にする。

「──美味い」

「そうですか」

白玲《ハクレイ》に餌付けされながら、右手で口元の米粒を取り──

「ああ、そうだった！　なぁ、どうやって親父殿とお前はこんなに早く帰って来れたんだ？　ま、まさか……本当に魔術やら仙術を使ったのか⁉」

「……馬鹿ですね。そんなわけないでしょう。はい、お水です」

竹筒を右手で受け取り、一気に飲み干す。乾き切った身体《からだ》は歓喜。

銀髪の美少女が二つ目のちまきを準備してくれながら、種明かしをしてくれる。

「王《オウ》の家の巨大外輪船団を使いました。船って、あんなに速く航行出来るんですね。ちょっと怖かったです」

「巨大外輪船団？？？」

聞き慣れぬ言葉に小首を傾《かし》げる。……ああいや、外輪船自体は知っているのだ。

船の舷側に水車をつけそいつを人力で回すことで、風がなくても航行可能な代物。明鈴《メイリン》が実際に建造したらしい話も聞いている。

だが、『巨大』かつ『船団』とは？

白玲《ハクレイ》が竹皮を丁寧に剝きながらジト目。

「……発案者は貴方だと聞きましたが？」

「た、確かに言ったが、巨大船と……まして複数を造れとは言ってないっ！」

銀髪の美少女が寝台に座り直して詰《なじ》ってくる。

「言い訳は聞きたくありません。少しは自重してください」

「た、単なる茶飲み話だったんだ。偶々《たまたま》伯母上から、異国にある『風がない時でも動ける船』の話を聞いて……。何とかかと天才は紙一重だって言うが、本当かもしれん」

「………………後半部分には同意します」

白玲《ハクレイ》は渋い顔になり首肯した。都で何かあったのかもしれん。

──ちまきを食べ終えると、南から夜風が吹いてきた。

雲に隠れていた満月が姿を現し始める。静かに問う。

「親父殿達は大河か？」

「はい」

グエンを喪っても、アダイは侵攻を諦めないだろう。

例の巨大投石器や重装甲の金属製装備は今後、北方戦線にも出現するはずだ。

【西冬《セイトウ》】の動きにも備える必要がある。

中立を破り、玄《ゲン》軍の通過を容認した段階で彼《か》の国は最早《もはや》敵。

その技術力が侮れないのは今回の戦ではっきりしたし、無視は出来ない。

親父殿は北だけでなく、西にも前線を抱えることになったのだ。

国内の『和議恭順派』も厄介だ。今回の勝利を受けて黙ればいいんだが……。

言えるのは──また、多くの人が死ぬ大戦が起こり、俺もそれに関わるだろうこと。

……畜生、だから、とっとと田舎の文官になりたかったんだ。

白玲《ハクレイ》が俺の顔を覗《のぞ》きこみ、頬に手を伸ばしてきた。

「父上も皆も口々に貴方《あなた》を褒めていました。『隻影《セキエイ》がいたから、敬陽《ケイヨウ》を守り抜けた』と」

「……生きている奴《やつ》はそう言うかもな」

目を逸《そ》らし嘆息する。結局、俺は戦が嫌いなのだ。

それでいて武の才能だけは持っている。

せめて、もう少し俺に大軍を指揮する才もあれば……。

「隻影《セキエイ》」

「！」

突然、白玲《ハクレイ》が俺の右手を自分の両手で握り締め、胸元へ持っていった。

――心臓の音が聞こえる。

「お、おい」

「……自分ばかりを責めないでください。貴方は頑張りました。信じられない程に頑張りました。誰がどう言おうとも、私がそれを認めます。だから……」

星よりも綺麗《きれい》な蒼眼《そうがん》に大粒の涙。俺はとても優しい気分に浸り、幼名を呼んでからかう。

「……泣くなよ。泣き虫雪姫《ユキヒメ》」

「……泣いてなんかいません」

手を離し、袖で涙を拭い立ち上がった白玲《ハクレイ》が純白の剣――【白星《はくせい》】を差し出してくる。

「はい、今度こそ返します」

「お、おお」

勢いに負けて受け取る。懐《なつ》かしい重さだ……手に馴染《なじ》む。

「…………」

「何だよ？」

銀髪の美少女は俺を不安そうに見つめて、すぐに逸らした。

視線を彷徨《さまよ》わせ、前髪を弄《いじ》りながら意味不明な一言。

「——……で、どうするんですか？」

「？？？」

俺は理解出来ず小首を傾げた。白玲《ハクレイ》が焦《じ》れた口調で声を荒げる。

「だ、だからぁ！　……明鈴《メイリン》と約束したんでしょう？　あの子は【天剣《てんけん》】を見つけてきました。どうするんですか？」

「ん～……今の所、嫁を貰《もら》うつもりはないしなぁ…………」

あいつ、どうやって見つけたんだ？　あと——今、名前で呼んだか？？

勝ち誇る天才少女の顔を思い浮かべながら、少し考え、

「あ、こうすれば良いんじゃないか？」

「……え？」

俺は先程受け取った剣を白玲《ハクレイ》へ返した。

銀髪の美少女は両手で受け取りながら、先程の俺と同じように目を瞬《しばたた》かせる。

「せ、隻影《セキエイ》？　あの……」

「俺は左腕がこうだからな。すぐには治らない。そいつはお前が持っておいてくれ。使っている内に馴染むかもな」

あっさりと言い放ち、片目を瞑《つぶ》る。

——俺は前世でも今世でも間違ってばっかりだ。せめてこの選択くらいは間違うまい。

ニヤリ、としながら、動く右手を振る。

「【黒星《こくせい》】と【白星】——二振り合わさって【天剣】だ。あいつに課したのは『【天剣】を見つけ、俺に渡したら結婚を考えても良い』だからな」

「……詐欺師の言い分ですね」

白玲《ハクレイ》が苦笑しながらも、嬉《うれ》しさを隠しきれない様子で上目遣い。

まぁ、明鈴《メイリン》に礼はしないといけないだろうが……後回しだ。更に俺は駄目押しする。

——少しばかりの嘘《うそ》を混ぜながら。

「それに、だ。千年前の剣だぞ？　これが本物だって誰が証明出来る⁉　出来るとしたら、【双英《そうえい》】のどっちかが、生まれ変わりでもしてなきゃ無理だろ？」

「……やっぱり、意地悪です」

うちの御姫様は薄《う》っすら頬を染めながら、【白星】を胸に抱きしめ笑った。

うん、やっぱり泣き顔よりも笑顔の方が良いと思う。

上半身を軽く押され、倒される。即座に夜具がかけられ、白玲《ハクレイ》の顔が間近に広がった。

「さ。もう少し寝てください」

「いや、もう眠くねぇし、『煌書《とうしょ》』でも……」

「駄目です」

「……はい」

凄《すさ》まじい圧力に屈し、俺は全面降伏。仕方なく——目を閉じ眠ろうとする。

白玲《ハクレイ》がお盆を持ち部屋を出ていく気配。灯《あか》りも消えた。

何が何でも俺を寝かそうという、強硬な意志を感じる……。

だが、思った以上に疲労が溜《た》まっていたのだろう。すぐ睡魔が襲い掛かってくる。

うつらうつらしていると——静かな呼びかけ。

「隻影《セキエイ》」

「ん？」

暗闇の中で目を開けるも、ぼんやり、としか分からない。

暫《しば》く沈黙が続き――少女は思わぬことを聞いてきた。

「【張《チョウ》】の姓、欲しいですか？」

俺は考え込む。

『張《チョウ》家の居候《いそうろう》』ではなく、『張隻影《チョウセキエイ》』になる。

今までは正直そこまで意識しなかった。が……素直に返事。

「――……そりゃあ、な」

応答は暫くの間なかった。

部屋を出たか？　と思い上半身を起こすと、白玲《ハクレイ》の涼やかな声が耳朶《じだ》を打った。

「――そうですか。分かりました。覚えておきます」

普段と変わりはないように思える。

――ただ。

微かに……そう、ほんの微かに甘さが混じっていたような………。

暗闇の中に見える少女の影に尋ねる。

「なぁ、今の質問の意味って……」

クスクス、という上品な笑い声。

「分からなくて良いです。此方《こちら》の話なので。あともう一つ。貴方は私にこう言いましたよね？　『俺の背中を守る奴は死んでしまう』と。――なら」

雲が完全に外れ、月灯りが差し込んできた。

――誰よりも美しい銀髪蒼眼の少女が剣を胸に当て、俺を見つめている。

「私は貴方の背中を守るのでも、貴方の隣を歩くのでもなく――貴方の手を引いて、貴方の前を歩きます。それなら良いでしょう？　私の背中を守ってくれますよね？」

呆気《あっけ》に取られ、言葉が出てこない。

前世でも今世でも、『個』としてなら強者に分類される俺へそんなことを言ってのけた奴はいなかった。

……まったく、こいつには敵《かな》わない。

苦笑しながら、微《かす》かに、だけどはっきりと頷《うなず》く。

すると、白玲《ハクレイ》は嬉しそうな笑顔になり、軽やかに回転した。

「では──おやすみなさい、隻影《セキエイ》」

「ああ──おやすみ。白玲《ハクレイ》」

今度こそ、美少女の気配が遠くなっていく。

身体《からだ》を横たわらせ、頭を動かし窓の外を見つめると──北の空に、かつて墜ちた筈《はず》の【双星】が輝いている。新しい星？

「──……そうか」

時代は再び【天剣】に役割を与えたらしい。

今度は最後まで守らないとな……。

目を閉じ、俺は甘美な睡魔に意識を委ねた。

＊

「では……真《まこと》にグエンは戦場で討たれたのだな？」

敬陽《ケイヨウ》より帝国軍主力を退《ひ》かせた日の深夜。帝国軍旗艦船室。

ぼんやりとした灯りの下で、椅子に座り敗戦の詳細報告を聞いていた私──玄《ゲン》帝国皇帝

アダイ・ダダの問いかけが静かに広がった。

腹心達も休ませている為《ため》、この場にいるのは、私と——窓際《まどぎわ》に佇《たたず》む狐面《きつね》を被《かぶ》りボロボロな外套《がいとう》を羽織っている密偵のみだ。体格は小柄だが、男か女かは分からない。慇懃《いんぎん》な返答。

「間違いない。遠目ではあるが確認した。『赤槍騎《せきそうき》』の将達も多くは戦死し、数少ない生き残りは【西冬《セイトウ》】へ敗走」

先帝から『千狐《せんこ》』と呼ばれる、闇に潜む密偵組織との関係を引き継いだのは、亡《な》くなる直前であった。曰《いわ》く——奴《やつ》等は奇怪な業を用い、我が帝国を主に諜報《ちょうほう》の面で建国時より支えている。詳細は分からない。

即位後、唯《ただ》の一度だけ会った長《おさ》はこう言っていた。

『我等の正体なぞどうでもよきことではないか？　天下の統一だけを考えるならば、力を貸そう——大丞相《じょうしょう》、王英風殿？』

確かにそうだ。前世も今世も為《な》すべきことは変わらぬ。

天下の統一を！　今は亡き友達に託された夢の永遠なる成就《じょうじゅ》を‼

前世では私が退いた後、帝国は五十年ともたなかったらしい。今世ではそのような失敗はしない。

私は少女のように細い指で白髪を弄りながら、零《こぼ》す。

「……俄《にわ》かには信じられんな。十倍の戦力差を覆《くつがえ》されるとは。それで、グエンを討ったのは何者なのだ？」

『赤狼《せきろう》』は紛れもない猛者《もさ》であった。

野戦で張泰嵐《チョウタイラン》に後れを取ることはあっても、戦場で無様に討たれるとは思えない。

密偵の気配に微かな困惑が混じった。

「――張白玲《チョウハクレイ》と張隻影《チョウセキエイ》だ」

窓から南風が入り込み、灯りの炎を揺らした。訝《いぶか》し気に尋ね返す。

「娘はともかくとして……奴に息子がいたのか？　グエンの報告書にもそのようなものはなかったが？」

「血は繋《つな》がっていないらしい。兵達の話す内容を信ずるならば、両者とも歳《とし》は十六」

「……ふむ」

僅か十六の少年と少女が、二人がかりとはいえ『赤狼』を討った、か。

ふと、前世でも同じようなことを成し遂げた友を思い出す。

英峰《エイホウ》が名のある将を討ったのは初陣《ういじん》――十五だった。

この者達の情報能力は極めて高い。認め難《がた》いが事実なのだろう。

……まさか、グエンが戦場で敗れるとは。

忠臣を喪《うしな》い沈む私に対し、重さを感じさせない動作で、密偵は窓の欄干へ跳んだ。

「用は済んだ――皇帝よ、使命を忘れるな。我等は千年待った。必ずや天下の統一を。北辺より嵐が来る前に」

「分かっている。奴等が纏《まと》まれば厄介だ。――ああ、【天剣《てんけん》】捜索の件だが」

「……進展はない。貴様の言っていた廟にそのような物はなかった」

ほんの微かに苦々し気な口調で零し、狐面は姿を消した。

独り船室に残された私は、卓上の花瓶に飾られている『老桃《ロウトウ》』の桃花を見つめ、独白。

「……まさか、な」

皇英峰《コウエイホウ》は死んだ。私のように二度目の生を得るなぞ……。

「いや、詳しく調べるべきなのだろう。『赤狼』は討たれ、我が野望は阻《はば》まれた。それを成し遂げた少年と少女を知ることは、我が帝国にとって重要なのだから……」

私の呟《つぶや》きは闇に溶け込み、消えていく。

窓から見える北天には、あの日堕《お》ちた筈の【双星】が輝いていた。

あとがき

初めましての読者様はこんにちは、馴染《なじ》みの読者様は改めまして、七野《ななの》りくです。

二〇一八年の末に『公女殿下の家庭教師』で、デビューさせてもらった、新人気分が一向に抜けない自称三つ葉マーク作家（※若葉は剥奪）です。よろしくどうぞ。


内容について。

私、趣味が『書くこと』『読むこと』という無趣味の典型みたいな人間でして……世に出さず、抱え込んでいるプロットの一つが本作でした。

……正直言いますと、物語として動くか、不安がなかったと言えば嘘《うそ》になります。

毎月発売されている数多《あまた》の作品の中に、本作のような純然たる華流のソードファンタジーはほぼ存在していないからです（三国志を範とするものはありますが……）。

はい、全くの杞憂《きゆう》でした。

書いてみたら、主人公の隻影《セキエイ》はちゃんとカッコいいヒーローでしたし、白玲《ハクレイ》は可愛《かわい》いヒロイン兼しっかりしている相棒。敵役達も大変気に入っています。

剣と魔法のファンタジーも良いですが、こういうファンタジーも如何《いかが》でしょう？

宣伝です。

『公女殿下の家庭教師』最新十三巻同日発売です。

『双星《そうせい》』を手に取られた読者様、此方《こちら》も是非。イラストはｃｕｒａ先生ですよ。

お世話になった方々へ謝辞を。

担当編集様、出せましたね！　二巻も頑張ります。

ｃｕｒａ先生、『公女』に引き続き、本作のイラストも引き受けてくださり、本当に有《あり》難《がと》うございます！　隻影、白玲、明鈴《メイリン》、素晴らしいです‼

お忙しい中、推薦文をくださった、志瑞祐《しみずゆう》先生、羊太郎《ひつじたろう》先生、下等妙人《かとうみょうじん》先生、有難うございました。推薦文をいただいたこと自体、初めてだったのでこれを書いている段階でも、緊張しています。まだまだ、体験していないことだらけですね。

ここまで読んでくださった全ての読者様にめいっぱいの感謝を。

また、お会い出来るのを楽しみにしています。次巻、『裏切り者には懲罰《ちょうばつ》を』。

七野りく

お便りはこちらまで

〒一〇二－八一七七
ファンタジア文庫編集部気付
七野りく（様）宛
cura（様）宛

富士見ファンタジア文庫

双星《そうせい》の天剣使《てんけんつか》い 1

令和４年11月20日　初版発行

著者——七野《なな の》りく

発行者——山下直久

発　行——株式会社KADOKAWA
〒102-8177
東京都千代田区富士見2-13-3
0570-002-301（ナビダイヤル）

印刷所——株式会社暁印刷

製本所——本間製本株式会社

ISBN978-4-04-074612-8 C0193　◇◇◇

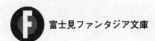

切り拓け！キミだけの王道
ファンタジア大賞
原稿募集中！
賞金
《大賞》300万円
《金賞》50万円
《銀賞》30万円
選考委員
細音啓「キミと僕の最後の戦場、あるいは世界が始まる聖戦」
橘公司「デート・ア・ライブ」
羊太郎「ロクでなし魔術講師と禁忌教典《アカシックレコード》」
ファンタジア文庫編集長
前期締切 8月末日
後期締切 2月末日
公式サイトはこちら！ https://www.fantasiataisho.com/
イラスト／つなこ、猫鍋蒼、三嶋くろね